米娜的行進

小川洋子——著
葉廷昭——譯

小川洋子
YOKO OGAWA
作品集 01

1

我這輩子第一次搭乘的交通工具，是遠從德國海運進口、以黃銅和蕾絲打造的嬰兒車。車身線條高貴典雅，內裡奢侈地鋪滿羽絨般質地柔軟的手工蕾絲布料。不論是嬰兒車的把手、可伸縮的遮陽板，還是車輪的金屬配件，統統閃閃發亮；枕頭上還繡著淡桃色的「Tomoko」(注)字樣。

這輛嬰兒車是阿姨為了慶賀我誕生而送的禮物。阿姨結婚的對象是飲料公司的小開，據說婆婆還是個德國人。綜觀所有親戚，別說是和外國人扯上關係，就連飛機也沒人坐過，所以每當大家談起阿姨，總免不了在她名字前面冠上一句「那個嫁給老外的」，彷彿那句話也是她名字的一部分。

當時，父母帶著我在岡山市郊區租了一間房子。所有家當裡，大概就屬那輛嬰兒車最值錢。看著一家三口在家門前拍的照片，嬰兒車和老舊木屋並排的景象極不

注：日文「朋子」的發音。

協調，兩者的比例甚至超出了狹小的院子，比身為主角的小寶寶還要顯眼。每次母親推著那輛嬰兒車在鄉間散步，路人總不免回頭多看一眼，稍微熟一點的還會靠過來摸一摸嬰兒車、一臉陶醉地說：「多漂亮的嬰兒車啊！」完全忽略了可愛的小寶寶。

不過很遺憾，我已經記不得那輛嬰兒車坐起來是什麼感覺。從我有記憶起，嬰兒車對我來說已經太小，老早棄置在倉庫裡束之高閣。雖然嬰兒車的蕾絲多少有些泛黃，上頭也有我吐過的奶漬，仍舊不失優雅高貴的氣質，即使置身在燈油瓶和草蓆之間，也持續散發著遙遠異國的風味。

我喜歡一邊玩賞那股異國風味，一邊幻想自己的離奇身世。例如，我其實是某個遙遠小國的公主，遭叛國的隨從綁架，連同嬰兒車棄置在森林裡。只要拆開枕頭上的Tomoko刺繡，一定找得到本名留下的繡痕，像伊莉莎白或是安潔拉之類的名字。我編得出那些天馬行空的幻想，那輛嬰兒車可說是厥功至偉。

下一個將我送到外面世界的交通工具，是父親的腳踏車。那是沒有多餘裝飾、齒輪與鍊條聲聽來相當單調的黑色腳踏車。

和德國製的嬰兒車相比，除了俗氣之外找不到其他更適合的形容詞。每天早上，父親將公事包放在置物架上，踩著腳踏車到公家機關上班；一到假日，父親就讓我坐上那個置物架，載我到公園來一趟腳踏車之旅。

坐上腳踏車的感覺直到現在我還記得一清二楚，將我輕輕抱起的可靠雙手、燻染著菸味的背影，還有車輪所捲起的風。

「要好好抓緊，千萬不可以放開喔！」

父親回過頭來，確定我抓牢他的毛衣以後，才踩動踏板。不管是陡峭的上坡，還是狹窄的轉角，父親總能毫無滯礙地通過。我也深信只要抓緊父親的背影，一定能夠到達世界上的任何地方。

我一直遵守父親的叮嚀，從沒有放開他的毛衣。然而父親卻毫無預兆地一個人去了遙遠的地方。就在一九六六年，我剛上小學的時候，父親已是胃癌末期，病入膏肓。

一九七二年，三月十五日，就在我小學畢業典禮的同一天，新大阪車站開往岡山車站的路線開通了。隔天，母親目送年僅十二歲的我，在掛著慶祝標語的岡山車站，獨自搭上新幹線。

這和我過去搭乘的任何交通工具都不一樣。堅固、冷淡、吵雜，找不到任何能夠牢牢抓穩的依靠。

上月台之前，母親絮叨地重複相同的叮嚀（小心不要坐過站了，還有車票不要弄丟。如果弄丟了，記得請車站的工作人員幫忙之類的話）。但，就在我要踏進車門時，她的聲音哽咽，哭了起來。母親哭得比父親過世時還要難過，眼淚從半掩的睫毛上，一滴接著一滴，不停滴落下來。

父親死後，母親就靠裁縫工廠和家庭洋裁的工作支撐家計，在我上中學之前，她似乎建立了長遠的願景，重新看待未來的人生。為了精進裁縫的技術，進而得到更穩定的工作，她下定決心，花一年的時間到東京的專門學校接受訓練。兩人討論的結果，母親決定住在學校的宿舍，而我則暫時先寄住在蘆屋的阿姨家裡。以家裡的經濟狀況，要想在大城市租一間套房根本不可能，除了接受阿姨的好意之外也沒有更好的辦法。

雖然母親對這樣的決定感到憂心忡忡，但是我並不覺得有何不妥，因為這個阿姨，就是小時候送我高級嬰兒車的人。

當時，姨丈已然成為飲料公司的社長，膝下有一雙子女，也就是我的表兄妹，一個是十八歲的表哥、一個是小我一歲還就讀小學的表妹。表哥到瑞士留學，並沒有和家人同住；而家族的另一個成員，就是身為德國人的奶奶。因此姨丈擁有一半的西洋血統，表哥和表妹則有四分之一的西洋血統。

我從未見過他們，不過畢竟是親戚中最受矚目的話題家族，聽久了，自然多了一份親近感，想更進一步知道他們全家的大小事。

雖然沒有任何根據，但是我相信，既然阿姨對我那麼好，肯送我那麼漂亮的嬰兒車當禮物，母親不在身邊的新生活應該也會平安順遂才對。

「好了，快點走吧。」

明明離發車還有一點時間，母親卻催促我趕快上車。甫一坐定，看到母親還在窗戶外面比手畫腳地提點我該注意的事情，諸如：行李要放到置物架上；還有，天氣熱的話要脫掉羊毛上衣，最後再確認車票有沒有保管好。終於，新幹線慢慢開動，母親一隻手擦拭著眼淚，另一隻手不停地揮舞對我道別。

在新神戶車站下車的那一刻，我更加確信自己的預感是對的。明明沒有任何指引，我卻能一眼認出姨丈。身上沒有一絲縐褶的灰色西裝配上高級領帶，一派從容地蹺著二郎腿，靠在汽車的引擎蓋上。一頭柔軟的棕色鬈髮、比所有人都高大挺拔的身材，還有像雕像般深邃的目光流露出春天溫暖的光采。「嗨。」姨丈一發現我，馬上揮手示意，臉上堆滿親切的笑容。

這麼英俊挺拔的人，針對我投以如此溫暖的微笑實在令人難以置信，於是我呆呆地點頭致意。

「妳來啦，新幹線之旅還好嗎？」

姨丈彎下腰凝視著我，彷彿接待公主一般，接過我手中的行李，為我打開車門。

「請上車，大小姐。」

聽起來低沉舒服的嗓音、洗練的動作，和頭髮同色的清澈雙瞳，所有的一切都讓我的胸口悸動、心跳加速。

「謝謝。」

光是要說出這句話，就費了我好大的力氣。

坐進後座的中央，我才注意到這輛車有多豪華。就算拿來當書房也綽綽有餘的寬敞空間、充盈車內的芬芳氣味，還有打理得光澤亮麗的真皮座椅。除了駕駛座四周，窗戶下方也有許多按鈕，所有按鈕都是經過巧妙設計、依照完美比例配置而成。引擎聲安靜到讓人分不清車子究竟有沒有發動就已經悄悄起步，威風凜凜地向前奔馳。等我知道這是名為賓士的名貴轎車，已是很久以後的事了。

姨丈為了緩和緊張的氣氛，除了向我打聽岡山的近況，也告訴我即將入學的相關事宜。而我光是要克服害羞、不將視線從姨丈臉上移開就得傾盡全力，因此對於姨丈的話題，我都只能簡短回答，無法侃侃而談。對我而言，只要是姨丈輕撫過的東西，哪怕是汽車的排檔桿或是暖氣的開關，也同樣閃耀著魅力的光采。雖然才剛和傷心流淚的母親告別，但眼前這美好的一切，讓我覺得那已是很遙遠的回憶了。

車子約莫開了三十分鐘左右，出國道左轉，沿河濱道路往山裡的方向行進一會兒之後，峰巒相疊的六甲山脈意外地聳立在我面前。

經過電車行駛的高架鐵路和橋梁，道路漸漸陡峭、路面也愈來愈狹窄。在綠意盎然的樹木之間，還傳來小鳥的啁啾啼鳴。

道路兩旁綿延著間距寬大的蜿蜒石牆，在綠蔭間還能看到家家戶戶的屋頂。姨丈悠然地駕駛著汽車登上陡峭的上坡，緩緩滑入敞開的大門，在斜坡繞行半圈後停在乘車專用的門廊前。

「已經到嘍，大小姐。」

姨丈打開車門，執起我的手。

「這、這裡是住家？不會吧？」我提高聲音，又確認了一遍。「這、這裡真的是住家嗎？」

2

從一九七二年到七三年間，在蘆屋的姨丈家度過的年餘時光，令我永生難忘。拱門式西洋玄關所映照出的影子、完美融入山林綠意的乳白色外牆、陽台扶手的葡萄藤蔓花紋，以及附有精美窗台的兩棟高塔。不論是宅邸的外觀，或是全部十七間房間的味道、光線，乃至於觸感冰涼的房門把手，所有風景都深深刻畫在我的心裡。

三十年後的今天，宅邸的光華已然消失。如同家族守衛的枝葉雜草叢生、玄關兩旁的蘇鐵樹也因為枯萎而遭到拔除，就連庭園南邊的水池也填平了。老早就讓渡出去的土地面臨分售的命運，之後蓋起單調乏味的公寓和化學公司的員工宿舍，住進素未謀面的陌生臉孔。

不過，正因為現實中的一切已經失去，回憶才顯得完美。在我心目中，姨丈家依然坐落在那片土地。一家人不管是否年華老去，或者與世長辭，大家都像以前一樣生活在一起。當我不停反芻這些回憶，他們的聲音就變得更有活力，笑容也更添溫情。

羅莎奶奶坐在德國嫁妝的梳妝台前，細心塗抹保養乳液；在吸菸室裡的阿姨熱中尋找書本裡的誤植（注）；喜歡開玩笑的姨丈，就算在家裡也是打扮入時、無可挑剔；幫傭的米田婆婆和小林先生努力工作、各司其職；寵物小豆子在庭園裡悠哉休息，表妹米娜則熱愛閱讀各種小說。回憶裡，我總是能夠馬上發覺米娜的存在，只要她一靠近，就聽見她口袋裡火柴盒的摩擦聲響。

那是她相當珍惜的收藏品，也是她的護身符。我謹慎地用不驚擾他們的步伐輕盈漫步。但，總會有人發覺我的存在，彷彿三十年的時光根本不存在一樣，若無其事地和我打招呼。「什麼嘛，原來妳在這裡啊，朋子。」「是的，我在這裡。」我對回憶中的他們如此答道。

在蘆屋川車站的西北方、沿著蘆屋川支流，姨丈的父親在高座川上游海拔兩百公尺高的山地興建了那座宅邸。姨丈的父親身為飲料公司的第二代社長，二十五、六歲年紀就到柏林大學主修藥劑學；之後認識了羅莎，兩人結為連理。回國後，靠著販賣添加鐳成分的健胃清涼飲料「FRESSY」，一舉壯大公司。當時因為阪急電車

注：印刷品的排版錯誤或錯別字。

開通的緣故，蘆屋的山坡地也開發為住宅用地，姨丈的父親抓住這個機會，購置了一千五百坪的土地，並興建西班牙式的建築。那是一九二七年，昭和二年的事。

廣泛應用在玄關和陽台上的拱門、設立於東南角的半圓形溫室，以及橙色的磚瓦屋頂等等，都是西班牙式建築的獨特風格。不僅外觀豪華講究，宅邸本身更散發出溫和明朗的風采，細微裝飾毫不馬虎，就連各棟建築的比例也顯現出高雅的整體感。雖然外觀是西班牙風格，但是生活中食衣住行用的全是德國製品，好撫慰羅莎奶奶的思鄉心情。為了讓南邊的庭園有充足日照，刻意保留平緩的坡度面向大海。北邊的道路平時來往的車輛不多，四周圍繞翠綠的常青樹，遠離城市喧囂。

冬天，有六甲山脈阻隔寒冷的西北季風；夏天，有涼爽宜人的海風吹拂。因為有這樣冬暖夏涼的良好氣候，搬來蘆屋沒多久，婚後第十二個年頭，兩人總算有了小孩，也就是姨丈誕生了。

姨丈的人生和其父幾乎毫無二致：在德國念書、改良公司招牌商品「FRESSY」、創新包裝設計、提升公司業績。唯有一點不同，就是姨丈沒有在德國找到結婚對象。姨丈與在工廠的產品開發室裡清洗燒杯、品嚐新產品味道的研究輔助員，也就是阿姨結婚。

夫妻兩人一開始就在環境絕佳的蘆屋家展開新婚生活，要想喜獲麟兒根本不需要等十二年，結婚典禮過後七個月，長子龍一誕生。

接下來就像要平衡第一胎的操之過急一般，整整隔了七年才生下第二胎米娜。那個給我許多東西，卻從不要求回報的米娜；明明身體虛弱不能出遠門，心靈卻遨遊世界各地的米娜；年紀最小、全家人關愛備至的米娜，她出生的那一年是一九六〇年的冬天。

姨丈帶著我進入玄關的時候，大家集合在大廳裡迎接我，看起來比我還要緊張。羅莎奶奶拄著枴杖，臉上露出生硬的微笑；阿姨面對初次見面的姪女，一臉困惑不知道該說什麼才好；米娜的眼神非常嚴肅，好像要看穿新成員的真面目一樣。

家族裡還有兩個我猜不出身分的老人。不一會兒工夫，姨丈告訴我，比較年輕一點的老爺爺是園藝師傅小林先生，另一位年紀稍長的，是住在這裡幫傭的米田婆婆。照顧樹木的小林、幫忙煮飯的米田，靠著這樣的聯想，我很快記住了他們的名字。

「那麼先拿著行李到二樓吧。上了樓梯、樓梯口對面角落數來第二間就是妳的房間，從岡山寄來的箱子已經放在房間裡了，妳就照自己喜歡的樣子布置，慢慢整理就好。米娜，妳就帶著她認識一下家裡的環境吧，例如洗手間在哪兒、洗澡要怎麼放熱水等等，告訴她要注意的事情。到了三點的下午茶時間就下來客廳吧，今天特別烤了水果蛋糕。」

最先開口、讓所有事情順利進行的，就是米田婆婆，這時候，姨丈依舊掛著在新神戶車站看到的溫暖笑容。於是大家遵循米田婆婆的指示，從玄關解散。

他們給我的第一印象，用多彩多姿來形容不曉得恰不恰當。單就頭髮顏色來說，就有白色（羅莎奶奶和米田婆婆）、黑白相間（小林先生）、亮棕色（姨丈）、深棕色（米娜）和黑色（阿姨），一家就有多種顏色。不止如此，就連名字也是自由混合片假名及漢字（姨丈的正式姓名是エーリッヒ・健，米娜的本名則是美奈子），講話腔調也是各式各樣。米田婆婆、小林先生、米娜，三個人完完全全是關西腔；姨丈、阿姨的腔調雖然是標準語，依然摻雜百分之四十的關西口音；至於羅莎奶奶所說的則是光想就知道學來不易的獨特日文。

但是這些差異並沒有引起我任何反感。的確，比起我們家母子二人的小家庭，姨丈家確實有些不一樣，但也因為如此，像我這樣的外人也能在他們家擁有自己的一片天地。

米娜遵照米田婆婆的吩咐，帶我走遍家中所有角落。值得一看的地方到處都是，每一扇門後面都是魅力獨具的房間。會客室擁有令人炫目的豪華吊燈和黑色大理石暖爐；書房的彩色玻璃窗透進一線天光，充滿靜謐氣息；客房裡擺的是只在繪本上看過的公主床。下車以後，不停侵襲我的興奮情緒變得愈來愈高昂。

米娜對於我的興奮既不感到困擾、也不感到驕傲，只是以平淡的語氣繼續說明。

「這裡是媽媽偷偷瞞著奶奶喝酒的地方，因為這樣還燒焦了一大塊地毯。」

「為什麼選這麼沒格調的窗簾，我才想知道原因呢。」

「這裡是米田婆婆的家政室。只有那裡的壁紙顏色不一樣對吧，那是米田婆婆不知道何時發神經，拿熨斗往牆上扔的痕跡。」

參觀的過程，米娜始終保持這樣的口吻。像城堡一般的房子令我深深著迷，米田婆婆口中的下午茶水果蛋糕也讓我萬分期待，根本無暇在意米娜平淡的態度。

姨丈為我準備的房間就在米娜的鄰室，是龍一表哥去瑞士留學前所住的房間。不僅日照充足，還能從南面的窗戶和陽台觀覽庭園。也許是男生房間的關係，整體風格欠缺了一點羅曼蒂克的味道，房裡也沒有公主床，不過沒什麼好挑剔的就是。

米娜和我走到陽台。要先將窗戶把手垂直旋轉、下押才能打開的構造也很稀奇。這時候，我總算能夠一覽庭園的全景，讓人誤以為和大海相連的遼闊庭園前面是樹叢和水池。樹叢間似乎有什麼東西在移動，只能用「什麼東西」來形容的黑色團狀物。

「那裡是不是有什麼東西在動啊？」我指著那裡問道。

「那個啊，那是小豆子啦。」米娜的口吻變得相當溫和。「那是我們家的河馬，小豆子。」

這時我才知道，這個家裡還住著另一名重要的成員。

3

「為、為什麼有河馬？」

儘管我認為這問題理所當然，但是米娜似乎相當不能理解為什麼我問這麼簡單的事情。

「當然是我們家養的啊。」

「養河馬？」

「嗯，對啊。」

「養在家裡？」

「對啊。」

對豪華吊燈還是公主床都覺得沒什麼大不了的米娜，第一次露出了得意的神色。

「本來是爺爺送給爸爸的十歲生日禮物喔。」

「也許妳覺得很煩，不過我還是要問，有人拿河馬當禮物嗎？」

「正確來說是侏儒河馬。偶蹄目、河馬科、侏儒河馬屬。比普通河馬來得更小、更可愛喔。爺爺當初從西非的利比亞買來的時候，日本的動物園還沒有，而且一隻就要花十部轎車的錢呢。」

「是姨丈想要河馬嗎？」

「不知道，說不定只是爺爺太寵他而已。」

米娜手肘靠在陽台欄杆上，目不轉睛看著那一片樹叢。小豆子依然縮成一團小黑球。

不知道是繼承了羅莎奶奶的血統，還是因為氣喘痼疾的緣故，米娜的肌膚就像透明的薄紙一般白皙，彷彿連血管和血液的流動都一清二楚。只要是女孩子，不論是誰都想成為這樣的美少女。只是今年升小六的她身材嬌小，胸部也還沒發育，看起來像是小二學生，她的指尖和腳踝都很纖細，令人不禁想輕輕地握握看。

米娜全身最顯眼的就是她的頭髮。一頭柔軟鬈髮，長度幾乎覆蓋了大半背部，棕色的光澤讓髮質看起來更加柔順，一點微風都能讓秀髮輕盈飄動。

「看到河馬開心的不光是爸爸喔，學校的朋友和附近的鄰居，大家都覺得很稀奇。也因為大家都想看小豆子，所以爺爺更來勁了，決定要把庭園改為動物園。於是爺爺買了孔雀、台灣獼猴、山羊和鬣蜥，在週末的時候開放我們家的『FRESSY』

動物園給人參觀。當然最受歡迎的動物還是小豆子。」

「動物園？」

這裡的每一件事都讓我感到吃驚。

「可惜，因為戰爭的緣故，動物園似乎兩年之後就關閉了。我出生前爺爺就去世了，所有動物也只剩下小豆子還活著。」

我試著在眼前描繪「FRESSY」動物園的情景。要想像這樣的情景其實並不難，這裡空間充足，還有動物喜歡的水池、假山和樹蔭；不管小孩如何嬉鬧、台灣獼猴如何啼叫，山上的樹木也會吸收一切嘈雜，維持應有的寧靜。

自己要住進來的地方竟然曾是動物園，是多麼幸運的巧合。儘管我過去和動物園這三個字完全無緣，但是我相信這裡以前一定是平和愉快的動物園。

於是，我趕緊跟米娜一起去和小豆子打聲招呼。

「哎，真的沒關係嗎？牠應該不會忽然衝過來吧？」

我躲在米娜的背後，戒慎恐懼地走近樹叢，那裡既沒有柵欄，也沒有籠子，黑色的圓球離我們愈來愈近。

「牠才不做這種事情呢，因為小豆子最聰明了。對吧？小豆子。」

米娜的語氣像在哄小貓開心一樣，雙手撫摸著一團看起來像臉頰的部位。不久之後我才發現，其實那是小豆子的屁股，證據就是隨著米娜的動作而搖動的尾巴，那是一條捲著泥土、縮成一團的尾巴。

「朋子也來摸摸看吧。」

「欸？」

我後退了一步。

小豆子身軀的前半部還是一樣窩在樹叢裡，除了搖尾巴以外沒有任何動靜。雖然猜不出是在睡覺，還是等我摸摸牠，或者只是害羞，不過確實感受不到任何凶暴的氣息。圓圓胖胖的屁股可愛討喜，緩緩移動的後腿短到令人懷疑夠不夠敏捷，看起來憨厚駑鈍。

「哎，過來吧。」米娜朝我招了招手。

為了和她打好關係，我告訴自己不可以害怕。下定決心後，我先以中指搔搔尾巴，再以指尖沿著圓圓的屁股滑動。

牠的皮膚沒有我想像中堅硬，雖然表面有一些疙瘩和皺紋，觸感卻很滑順，身上流出像汗水般的黏液，濕熱溫暖。

小豆子搖晃著尾巴回應我的問候。

「怎麼樣？不可怕吧？」米娜窺視我的表情，急著要我發表意見。

「妳不覺得牠是世界上最聰明的河馬嗎？」

「嗯，是啊。好棒、好聰明。」

其他的河馬聰不聰明我不知道，但我暫且同意米娜的看法，再一次細細撫摸小豆子的屁股。

忽然，從尾巴附近毫無預警地噴出大便來。小豆子活力充沛地揮舞尾巴，大便噴得到處都是，我發出驚叫，為了閃躲還滑了一跤。

「這樣不行喔，小豆子。對第一次見面的客人這樣打招呼太沒禮貌嘍。」

米娜開懷地哈哈大笑。我擔心大便噴到手上和洋裝，擔心得要死，她卻一臉見怪不怪的模樣。我試著躲開噴來的大便，卻結實踩上地面的大便，這一踩，讓我更加接近小豆子。

就在這時，樹叢裡沙沙作響，小豆子終於離開樹叢，現身在我們面前。本來擔心牠往我這裡走來，但牠只是稍微後退兩、三步，腦袋瓜伸出樹叢，既不躺下睡覺，也不走進池塘，就這樣保持靜止不動。看樣子牠的超級短腿果然和快速移動無緣。

就如同米娜所說，小豆子和一般河馬大不相同。首先，牠的身體小得令人有點吃驚，身體全長只和成年男子的身高差不多，高度也只到我的腰部左右。乍看之下純黑色的皮膚隨著光線變化隱隱閃現綠色的光澤，脖子以下到腹部的膚色也比較深。

最不像河馬的就是牠的神情，完全感覺不到河馬該有的粗獷，一派溫吞爽朗的模樣。鼻孔和嘴巴的大小恰如其分，特別是眼睛和耳朵看起來更像有名無實的裝飾品。換句話說，短小的尾巴、四肢和臉都只是添加的裝飾，牠的存在就是那副圓滾滾的身體，這樣形容或許還比較貼切。

「小豆子，這位是從今天起要和我們一起生活的朋子表姊，來打個招呼吧。」

米娜清掉小豆子嘴邊的枯葉，還用大拇指幫牠清理耳朵，小豆子慵懶地往上看了一眼，然後張開鼻孔。這就是牠打招呼的方式。

我和米娜在池畔邊的草地坐了下來。綠色花崗岩水池大小適切，就算小豆子想在池裡悠閒地游泳也沒問題。儘管池水有些混濁，仔細看還是看得到在池底搖曳的水草，樹叢對面還有一間小屋，裡面不停傳來濾水器運轉的聲音。

對米娜來說，她最關心的應該就是小豆子，因此我問了許多關於小豆子的問題。牠都吃些什麼？（草食動物的固體飼料二十公斤、壓縮乾草七公斤、樹果和水果少許。）體重呢？（一百六十公斤。）牠幾歲了？（大概三十五歲。）睡在哪裡？（牠自己在假山挖的巢穴。）叫聲呢？（有點害羞的叫聲。）特技呢？（平常叫牠都裝作沒聽到。）

米娜似乎樂於回答小豆子的問題，為了讓她開心，我把想得到的問題都問了。不知道自己成為我們話題的小豆子，依舊保持相同姿勢，目不轉睛地盯著同一個地方。

「兩位大小姐，三點的點心時間到了喔。」

我們聽到姨丈站在陽台呼喊的聲音。

對了，還有水果蛋糕呢。不知道是上面放滿水果的蛋糕，還是混著糖煮水果的蛋糕。我把還沾在手上的大便抹在草皮上、拍拍裙子，和米娜一起跑向陽台。

4

繼小豆子之後，另一件讓我感到驚訝的事情，就是生活中大小事的決定權既不在羅莎奶奶、也不在阿姨手上，而是由米田婆婆執掌。

自羅莎奶奶在一九一六年，也就是大正五年嫁來日本起，米田婆婆就肩負起所有的家事，時間足足長達五十六年，這對年僅十二歲的我來說實在太難想像。

看著米田婆婆工作的身影，全身上下總散發出這個家的大小事沒人比她更了解的自信。她對家中任何人總是毫不顧忌地提出建議，偶爾加以責罵，或是冷言嘲諷。但這絕不是米田婆婆做人不夠圓滑，而是大家對她另眼相待。家裡一旦有紛爭，最後幾乎都是透過米田婆婆的意見來解決。「既然米田婆婆都這麼說了，那就算了吧。」這樣一句話，就意謂紛爭已經獲得調解。

米田婆婆和羅莎奶奶雖然都是八十三歲，不過兩人的性格、興趣，乃至於外觀、身材都不一樣。羅莎奶奶比較矮小，身形有點發福、駝背，膝蓋也因為關節炎而扭曲變形；而米田婆婆的身材像鶴一般纖細，沒有一絲多餘的脂肪，在家中殷勤工作。兩者給人的印象，一個是年老力衰的老人，另一個則是老當益壯、個性不服輸的老人。

然而兩人的感情卻相當要好。她們的房間都在一樓西側，不必經過走廊，房間裡就有互通的門；吃飯時總是相鄰而坐，常常交頭接耳說悄悄話；羅莎奶奶如果沒有米田婆婆陪同也絕不出門。現在我還記得，米田婆婆忙著準備晚餐的時候，羅莎奶奶坐在料理台旁邊，以不打擾米田婆婆為原則，幫忙挖馬鈴薯芽或是剝大蒜皮的樣子。

或許，對羅莎奶奶來說，隻身來到語言不通又沒有朋友的日本，米田婆婆就是鼓勵她的姊妹、良師和益友。

家中最安靜的就是阿姨和小林先生。小林先生雖然是園丁，但是他的工作幾乎都是在照顧小豆子。他的父親原本是「FRESSY」動物園的飼育員，照顧小豆子的工作就是從他父親手中交接下來的。小林先生默默地搬運飼料、清理糞便，拿著刷子清洗小豆子的身體，彼此也算是投契的好伙伴。不用多餘的言語，光看身體動作、尾巴搖擺、手勢和鼻孔開闔，就能心意相通。

與此相比，阿姨的靜穆就深沉得多。比起自己開口，她更喜歡傾聽大家談天。

萬一免不了要開口，她會思考如何用最簡潔的話來總結，或是像在等待別人幫忙回答一樣，沉默良久才開口講一句話。

但那樣的沉默並不令人感到不愉快。阿姨總是認真地豎起耳朵、專心傾聽，就算是別人瑣碎的嘟囔也絕不怠慢。

而且我很清楚，阿姨聽到姨丈的玩笑話總會露出最開心的笑靨，發出歎息一般細微的聲音、雙唇緩緩上揚，睫毛低垂又貌似害羞地微笑。

沒錯，姨丈是最能逗人開心的高手，大家都很喜歡姨丈，就連米田婆婆也親暱地稱呼他「小健少爺」。不管是誰都想聽姨丈說話，也想讓姨丈聽自己說話。聊天的時候，他總會注意有誰覺得無聊、無精打采，然後找出最適合那個人的話題。失敗的話題就幽默地一笑置之，些微的笑料就加入一點虛構的成分，倍增歡樂的效果。光是和姨丈說話就有備受禮遇的感覺。

來到蘆屋的第三天，也就是星期六，我和姨丈一起到西宮的洋貨鋪訂做中學制服。明明我就讀蘆屋市立的Y中學，卻跑到這麼遙遠的店來，讓我覺得很不可思議。不過西宮倒是比我想像中來得近，沿著蘆屋川的沿岸道路南下、走高速公路下方的國道，不到五分鐘時間就抵達西宮市，害我原本十分期待的雙人兜風之旅落空了。

下山之後，城鎮的風景豁然開朗，就算在車子裡面也能感受到海的氣味。姨丈左手開車，右手在半空描繪地圖，畫了南北狹長的蘆屋市地形，還對我說明了阪急、國鐵和阪神電車從北到南依序並排行駛的樣子，洋貨鋪就在阪神西宮車站的中央商店街裡面。

「幫我們家的公主做一件可愛的制服吧，麻煩您嘍。」姨丈雙手搭著我的肩，對店員說道。

「是，沒問題，請放心交給我們吧。」

看得出來，姨丈的外貌和帥氣的舉止已經吸引了歐巴桑店員的心。

店員大概以為我們是父女吧，她一定很羨慕，能和這麼英俊的父親一起出門買東西，真是幸福的大小姐。要是自己的丈夫也能這麼帥氣，不知道該有多好？一想到這裡，我心裡不禁得意了起來。

這間店似乎專門製作學生制服：甲南女子中學、夙川學院、川仁學院……店裡掛著好幾套標著名牌的漂亮制服。至於我最關心的Y中學制服，只有和吊帶裙相同布料的背心、粗製濫造的運動服，以及看來毫無特色的設計。我在試衣間看著鏡子裡的自己，彷彿身上還帶著岡山的鄉下土氣。

如果是母親的話，比起外觀一定更注重實用，大概會選穿三年都不用換的大尺寸。姨丈可不會幹這種事。衣服一定要合身、袖子和裙子的長度短一點、背心的腰線要稍微緊一點。姨丈細心地對店員下指示。

「這樣看起來如何呢？」店員手上拿著針線耐心問道。偶爾退後兩三步，觀察我的模樣，仔細判斷衣服的長度。

就這樣過了一會兒，姨丈一手抵住下巴，最後一次確認制服還有沒有問題。

「嗯，真的很適合呢。」

聽到這句話的時候，我身上的制服已經成了岡山所沒有的、品味良好的都會風制服。

回家途中，我們還順道去了咖啡館，就是阪神蘆屋車站旁邊的A西點名店。春天的陽光照耀在南面的大片玻璃上，展示窗裡的蛋糕像寶石般絢爛，奶油、草莓、小蛋糕，甚至是紙巾、緞帶、收銀機，全閃閃發亮。

「妳就點自己喜歡的東西吧。」

姨丈在桌子底下蹺起修長的雙腿。

「那、那就紅茶……」

我低著頭，無法直視姨丈近在咫尺的臉龐。

「只點這個？」姨丈好像有點失望。「妳不喜歡吃甜點嗎？這家店的甜點可是全蘆屋最棒的喔。」

「我怎麼可能討厭呢。」為了讓姨丈知道我沒有讓他失望的意思，我趕緊慌張地搖頭否認。「只是……總覺得對米娜很不好意思。」

「原來是這樣啊。不用擔心啦，我們可以買瑪德蓮蛋糕（注）回去，米娜和米田婆婆都很喜歡這裡的瑪德蓮蛋糕。」筆直的視線從棕色瞳孔的深處往我身上投射。「我推薦這裡的法式焦糖薄餅。」

雖然壓根兒不曉得那是什麼東西，我還是馬上點頭答應。

「好，就點那個，麻煩您了。」

服務生用餐車送來法式焦糖薄餅，薄如手帕的三張餅皮摺成扇形並排在餐盤中央。老實說外觀比我所想的還要單調。服務生行禮之後，拿起銀色的茶壺，我屏息以待，期待下一秒即將發生的事情。接著，服務生將茶壺裡的不知名液體倒在薄餅上，然後從口袋拿出火柴，往盤中點火。

注：一種法式貝殼蛋糕。

盤中瞬間燃起了青色的火焰，火焰看似轉眼即逝，清澄明亮的藍色光芒卻在我和姨丈之間搖曳不滅。

5

自從請我吃法式焦糖薄餅後，姨丈就一直沒有回家。剛開始一、兩天，我以為應該只是去出差而已，也沒特別在意，畢竟身為社長，忙碌是理所當然的。不過到了第四、第五天都還沒有回來的跡象，連我也漸漸不安了起來。

生產「FRESSY」清涼飲料的工廠位於大阪市南部沿海地區，姨丈一直都是自己開車上班。我每天早上起床以後的第一件事，就是跑去車庫確認，但是姨丈的賓士車仍舊沒有回來，車庫始終空空如也。

明明只少了姨丈一個人，家中卻飄盪著陰鬱的氣氛。取代歡笑聲的，是羅莎奶奶抱怨關節痛的嘆息；米田婆婆也比以前更常糾正我和米娜的禮儀。如果姨丈在家，為了能多和他相處，吃完晚飯後大家會留在客廳，然而現在大家只要吃完飯，就馬上回到各自的地方。羅莎奶奶回到各自的房間、米田婆婆到廚房工作，米娜則是拿著書坐上溫室的躺椅。

就連小豆子也顯得無精打采，太陽下山後，夜行性的小豆子就會在池畔吃小林先生放的飼料，雖說牠原本就很遲鈍，但吃飯的樣子似乎也比平常吃力。

阿姨也變得益發安靜，她要不是叼著菸，就是啜著威士忌。

大家裝作沒看見餐桌上的空位，彷彿從一開始就沒人坐在那個位子上一樣。米田婆婆絕不會在姨丈的位子前面擺放餐具，也不會留下飯菜。

「姨丈到底去哪裡了……」我再也按捺不住，不禁開口問道。話才說出口，我就後悔根本不該問這個問題。眾人沉默不語，紛紛停下吃飯的動作。米娜將漢堡塞進嘴裡，米田婆婆添了一碗飯，阿姨還是一逕沉默。

「爸爸，什麼時候回來。爸爸也不知道。」

等晚飯都快吃完，我也快忘記這個問題的時候，羅莎奶奶終於開口回答了。

當晚，米娜的氣喘病發作。一開始，我並沒有注意到隔壁傳來的聲音是米娜的咳嗽聲，還以為是天花板上的老鼠在磨牙，或用爪子磨蹭地板的聲音。後來，逐漸膨脹的聲音變得更加明晰、痛苦，走廊下方還傳來腳步聲以及大人交頭接耳的聲音。

我不安地走到房門外，剛好看到阿姨背著米娜下樓，兩旁的米田婆婆和羅莎奶奶輕輕順著米娜的背部。

FRESSY
RADIUM
ラジウム入り清涼飲料水
フレッシー
NET. 200CC

「朋子，不用擔心。可以晚安，沒問題。」羅莎奶奶回頭說道。

玄關的毛玻璃映照著車頭燈的光線，還能聽到車子停下來的聲音，在睡衣外面套上一件夾克的小林先生趕了過來。小林先生細心地不弄痛米娜，輕輕抱她到小卡車上。阿姨拿著健保卡和錢包放進手提袋，在米田婆婆耳邊交代事情，羅莎奶奶則將自己的披肩披在阿姨肩上。

每個人各司其職，熟練的動作說明並不是第一次遇到的突發狀況，相同的成員幾番共度難關。大家神情鎮定，眼神交流之間就了解下一秒該做什麼，努力讓一切順利進行。大家都用自己的方式表達對米娜的關心，只有我一個人什麼忙也幫不上。

米娜咳嗽連連，每咳一次，沉重的聲音彷彿連肋骨也發出悲鳴，光聽都覺得好像連自己也快窒息了。在小林先生的臂膀裡，米娜更形瘦小。

我和羅莎奶奶還有米田婆婆一起站在玄關，目送小卡車消失在黑暗中，米娜的咳嗽聲也隨之漸行漸遠。時值三月底，夜半的空氣依然冷冽，我們不知不覺間相互攬住手臂依偎。米田婆婆的手瘦骨嶙峋，羅莎奶奶下垂的胸部溫暖柔軟，門廊的燈光和高懸塔頂的月光照耀著寂靜的四周。

「好了，回床上睡覺吧。」

那是我第一次聽到米田婆婆如此溫和的口吻。

想要再度入睡並不容易。燈始終亮著，就像隨時等候米娜他們歸來一般。兩位老人家各自回到房間，樓下感覺不到任何動靜。一陣翻來覆去之後，我再一次爬出棉被，光著腳在二樓漫步。不管多麼注意自己的腳步，腳下的木質地板依然嘎嘎響。朦朧月光自天窗以及樓梯的小圓窗射入，不論是米娜還是阿姨的房間，房門統統緊閉著。

來到西面角落供客人使用的洗手間，我發現了一扇小門，米娜當初帶我參觀時並沒有來到這個地方。打開房門，門的另一邊並不是房間，而是布滿灰塵的狹窄樓梯，樓梯上面則是充當貯藏室的頂樓。

裡面堆積各式各樣的箱子、壞掉的家具、電器、滑雪板、玩具和雜誌之類的東西。雖然一樣是貯藏室，卻和岡山家的貯藏室大相逕庭，就算已成了破銅爛鐵，也看得出曾是精緻講究的物品。唯一相同的，就是在最顯眼處擺放著嬰兒車這件事。

看著車輪上的標誌，我知道這一台嬰兒車和阿姨送給我的一樣都是德國製。但很明顯的，嬰兒車這三個字根本配不上這一台如同珠寶盒一般的載具。

我的嬰兒車是棉質蕾絲製的款式，這一台嬰兒車則是由裡到外以絲綢製成，車身掛上大量布幔，布幔上還裝飾了好幾層花邊和緞帶。羽毛枕上繡著可愛的猴子、孔雀和小豆子的圖案，宛如歌頌動物園小主人誕生一般；金屬配件並非普通的黃銅，就連掛著奶嘴的掛鉤也是金光閃閃，在月光下依然不失其光輝耀眼的色澤。

嬰兒車的把手尾端、接近寶寶的耳朵旁邊，有一個附著發條的小木箱。我旋轉發條，舒伯特的搖籃曲悠揚響起，每一個音節就像融入黑夜裡一樣，到第三小節便停了下來。

我並不是因為羨慕米娜的豪華嬰兒車而難過，就算是附音樂盒的純金全絲綢製嬰兒車出現在我面前，我對自己原本的嬰兒車也很滿意，美好的回憶並不會因此而有任何瑕疵。

憤怒才是令我感到難過的原因。為什麼在這種緊要的關頭，姨丈不在呢？明明能買珠寶盒一般的嬰兒車送給女兒，為什麼女兒受氣喘病所苦的時候，父親卻不在身旁？米娜到底要不要緊？會不會就這樣斷了氣？

如果姨丈在的話，就不用特地半夜把小林先生找來，大可自己開著自豪的賓士直接把女兒載到醫院，這份職責遠比帶我去訂做制服來得重要。制服店的店員一定覺得我們這樣的組合很奇怪，長得這麼帥的人怎麼可能生下像我這樣相貌平庸的女孩？送來法式焦糖薄餅的服務生雖然表面上恭謹有禮，誰知道他心裡在想什麼？

混亂的思緒令我悲從中來，我趕緊跑下樓梯，回到自己的被窩。一想到淚流滿面的母親，我不爭氣的眼淚就這樣流了下來。我好想見到母親。

6

隔天早上，小林先生和出門時一樣，抱著米娜回來了。雖然氣喘症狀緩解，但是她的臉色慘白、毫無生氣。小林先生直接把她抱到床上休息，一直到下午，米娜始終沉沉睡著。每個人小心翼翼，避免打擾米娜安睡，不論是拄著枴杖的羅莎奶奶、晒衣服的米田婆婆，或是呼喚小豆子的小林先生都盡可能不發出聲音。

阿姨坐在陽台的長椅上，慢慢喝著咖啡。她的肩上依然披著羅莎奶奶的披肩，表情比米娜還要疲憊。即使陰暗的天空颳起颯颯作響的冷風，阿姨也沒有離開陽台的打算。

「昨天晚上吵醒妳了吧？真是不好意思。」看到我在旁邊，阿姨說道。

「我沒關係，倒是米娜的情況……」

「放心吧，是老毛病，不要緊的。」

阿姨蜷縮著身子，啜飲咖啡。

「阿姨，妳這樣會感冒的。」

「謝謝妳，朋子，妳真貼心。」

第一次，我覺得阿姨的側臉和母親很相似。一直到喝完咖啡為止，我都和阿姨一起坐在陽台，望著菸草的煙霧在兩人之間消散。

這個時候我才感受到，昨晚留在心裡的淚水慢慢乾涸。

蘆屋一家人對米娜的健康重視到令人驚訝的地步，避免米娜的氣喘發作是全家人的第一要務。只要她一咳嗽，大人們就拿出羊毛衣、圍巾、懷爐和口服藥。「咳咳」就像按下某種開關的聲音一樣，所有人聽到信號就進入備戰狀態。

和豪華的住宅比較起來，餐桌上的食物就樸素許多，菜色大多是以營養取向為考量。特別是對呼吸器官有益的食物，例如蘿蔔、蜂蜜、山芋、枸杞、蕺草，還有其他不知名的香草、藥草等，都是廚房的常備食材。

另外，米田婆婆最在意食物新不新鮮，她的理論是，沒有比壞掉的食物更傷身的東西了。一旦食物變色或產生濕氣，就毫不留情地處理掉，其他人察覺不到的腐敗氣味一樣逃不過她的鼻子。當米田婆婆坐在冰箱前面，聞著剩下的滷菜或牛奶，表情總是十足認真。

因此，理所當然的，急救箱的藥品也是一應俱全。醫院給的氣喘藥粉、藥水自是不在話下；淺田錠、龍角散、喉糖、漱口水、救心（注一）、正露丸、表飛鳴、太田胃散、浣腸劑、葛根湯（注二）、今治水（注三）、抗暈劑、樋口奇應丸（注四）、娥羅納英軟膏（注五）、紅藥水、凡士林、魚肝油等，所有你想得到的藥品都有。

但是最受全家人信賴的還是「FRESSY」，不管是頭痛、胸悶、心情鬱卒，喝了「FRESSY」就萬事ＯＫ；不喝的話就絕對好不了，這是他們一致的堅定信念。雖然美其名是六甲山山泉添加鐳素製成的健康飲品，不過飲料終究只是飲料，頂多就比急救箱裡的喉糖高級一點而已。我能理解他們對「FRESSY」的重視，畢竟那是前代社長開發的招牌商品，但我還是覺得他們的信仰太盲目了。

廚房的冰箱裡，每個星期都有工廠直接配送的冰涼「FRESSY」。我和米娜年紀小，不准從廚房偷偷帶走食物，唯獨「FRESSY」例外。我們想喝的時候就跑去拿冰箱上的開瓶器，直接打開瓶蓋來喝。

想起以前在岡山時，母親總是說喝飲料容易蛀牙，所以只能在生日時喝

注一：日本成藥，常用於心臟衰竭或氣喘病。
注二：漢方，有去瘀活血的功效。
注三：牙痛用藥。
注四：樋口奇應丸、正露丸、表飛鳴皆為胃腸藥。
注五：適用於皮膚病、外傷的軟膏。

「FRESSY」。現在能夠自由打開冰箱喝飲料，算是來到豪華宅邸後最奢侈的事了。

蘆屋家另一個獨特健康觀念，具體表現在「光線浴室」上。那是位於二樓東面角落、地板鋪滿磁磚、完全沒有窗戶的小房間，地板和天花板是伊斯蘭風格的幾何圖紋。房間的中央有兩張罩著被單的床鋪，角落則放置一盞油燈，另外，天花板有兩盞形狀奇特、外型像倒吊的銅製圓鍋一般的電燈。四周吊著幾捲深紅、藏青、深綠等各式各樣不同顏色的防燃布料，像花瓣一樣從四面八方圍住燈泡。一按下開關，電燈就會旋轉，發出美麗的橙色光芒。

大家都相信照射這種光線對健康大有益處。戰前，米娜的爺爺從德國帶回這套設備，據說是當時最先進的健康器材。米娜每次氣喘病發作後，為了讓身體得到充分的療養，一定在光線浴室待上好一陣子。

大概是這套健康器材太耗電，房間的照明只有一盞油燈而已。米娜從裙子的口袋拿出一盒火柴，正當我想制止她玩火，小巧的手指翩然舞動，油燈隨即亮了起來。掠過鼻子的紅磷氣味，還有咻的一聲沉入耳裡的摩擦聲響。米娜指尖上的火柴冉冉升起一縷青煙。

我笨手笨腳爬上了床鋪。

「只要躺著就好，一點都不麻煩。頂多身體要換個方向，讓光線均勻照到全身。但是千萬要記得不可以直視燈光，不然眼睛會痛喔，就跟觀察日蝕是一樣的道理。」

米娜熟練地打開電燈旁的開關、調節計時器的旋鈕，接著脫下洋裝，只穿襯衣和內褲躺在床上。

她的氣色和早上相比確實好多了。

「真的有效果嗎？」我半信半疑。

「大概吧，我也不知道……」米娜閉起眼睛，一臉無趣地回答。

橙色燈光旋轉得愈來愈快，光線的密度也愈來愈高，彷彿能夠感受到光線從指尖滑落一般濃厚。灰暗的房間瞬時燈火通明，我和米娜的白色襯衣上也映照出天花板的伊斯蘭圖案。因為器材生鏽的關係，電燈發出吃力的運轉聲持續旋轉。過了一會兒，肚子一帶漸漸熱了起來。

「氣喘發作到底是怎麼回事啊？」

米娜氣喘發作時明明那麼痛苦，為何過了一個晚上就能復元，令我感到很好奇。

「感覺像出口堵住一樣。」米娜仍舊閉著眼睛回答。「困在狹小的地方、進退不得，最後亂七八糟地壞掉。」

原來是這樣啊。米娜的胸部果然如我所料，除了襯衣上看得到一點乳頭的形狀以外，完全沒有發育的跡象。裙襬下乾淨潔白的內褲對米娜消瘦的臀部來說也太過寬鬆，平放在床上的纖細雙腿，只有膝蓋看起來特別顯眼。

「最讓我受不了的，就是低氣壓了。」

配合米娜說話的節奏，平坦的胸部上下起伏。

「低氣壓一來，產生令人不舒服的氣流，我馬上就不行了，因為我的支氣管纖毛可以感覺到氣壓變化。」

「纖毛？那是什麼？」

「就是長在氣管裡的細毛。有點像海藻一樣搖搖晃晃的、專門把痰清掉的東西。」

尚未發育完全的可愛嘴唇，鉅細靡遺地描述自己的支氣管。

「發現自己不能呼吸的一瞬間，眼前立刻變得一片漆黑，甚至還能看到根本不存在的東西。明明知道那不存在，卻能看到明顯的顏色和外形，一邊閃爍一邊旋轉。然後心情不知不覺間變得很焦急，感覺自己好像到了很遙遠的地方一樣。不過很快就會發現其實是自己搞錯了，這裡根本一點也不遙遠，而是很近的地方，那就是自己的心裡。」

這次米娜換成俯臥的姿勢，下巴頂在交疊的雙手上。我也學米娜用相同的姿勢俯臥，這次伊斯蘭圖案在我們的背上旋轉。

「好像很痛苦的樣子。」

「也還好。要是到了那種狀態其實也沒那麼糟，說不定還比較好。不過媽媽的呼喚聲總會把我拉回現實來，等我回過神的時候，就算再怎麼想看清楚也沒用，最貼近自己心裡的地方已經看不到了。」米娜說道。

7

「這樣不行喔。」我維持趴著的姿勢，抬起頭對米娜說道。「阿姨呼喚妳之前就應該快點回來，不可以留在那裡。一直耗在那種地方遲早會回不來，到時候一切就太遲了。」

米娜從嘴裡發出「嗯……」的曖昧回答，支撐下巴的雙手交互重疊，不知道有沒有把我的話聽進去。

「但是那裡很漂亮喔。」

計時器的時間歸零，發出啪的一聲，彷彿內褲的鬆緊帶斷掉的聲音。橙色的光線消失，電燈不再旋轉，剩下圓鍋的震動和微微的焦味殘留。對震動和焦味早就習以為常的米娜毫不在意地起身扭扭脖子，做幾次深呼吸，像在確認光線的療效一樣。

我和米娜穿著襯衣，面對面坐在床上，吃著預先準備好的零食：小饅頭(注)、還有一定會喝的「FRESSY」。對我而言，小饅頭是幼兒吃的玩意兒，不過蘆屋家似乎把小饅頭當作營養豐富又能幫助消化的健康食品。他們甚至認為，吃小饅頭配「FRESSY」能大幅提升光線浴的功效。

這還不奇怪，最奇怪的是他們把小饅頭稱作「奶饅頭」，我在岡山根本沒聽過這種說法，好歹也該叫蛋饅頭才對吧。可是不僅米田婆婆和米娜這樣叫，就連小林先生也滿口奶饅頭、奶饅頭的，一點都不覺得不好意思。

因為這個名稱的關係，我一直想到胸部，特別是奶頭的部分。和肌膚顏色相近的微焦色澤、令人不禁想放在手上把玩的圓潤形狀，的確都和奶頭非常相似。因為這層聯想，害我聽到這種笨蛋叫法時都會特別不好意思。

我們兩人倒了一盤奶饅頭一起吃。米娜喜歡一次一顆放進自己的小嘴，咯吱咯吱咀嚼。她的襯衣太短，遮不住大腿，雙腳搆不到地板，在半空中晃啊晃的。

一旦近看米娜的臉龐，她的可愛更加凸顯出臉上鮮明的輪廓，好像存在著一股氣勢，令人不敢直視。圓睜的雙眼從瞳孔深處釋放光芒，鼻子勾勒出的清晰線條讓臉孔添加幾許深刻的陰影，和細瘦身材相反的豐潤雙頰完美無瑕。就連額頭和嘴唇也帶著知性與天真的風采。不知道有誰能回答我，到底要用什麼方法才能生出這樣

注：類似旺仔小饅頭的點心。

的美人胚子？

可惜完美的臉蛋配上一個太過幼小的身體。大概是因為從小氣喘病時常發作的關係，經年咳嗽導致背駝了、肋骨也凹陷下去。平常仔細聽的話，還能聽到米娜喉嚨發出類似寒風吹拂的沉重呼吸聲，彷彿纖細的脖子難以支撐完美的臉龐。

「有姨丈這麼帥氣的爸爸是什麼感覺啊？」

比較一下阿姨、母親和我的平凡臉孔，就能百分之百確信米娜繼承了父親那一邊的遺傳因子。

「妳這樣問，我也不知道該怎麼回答才好。」

看樣子，凡是我覺得羨慕的東西，米娜似乎都覺得沒什麼。

「如果我有這麼帥的爸爸，一定想對別人炫耀。」

「拿自己的爸爸來炫耀，感覺好奇怪喔。」

米娜拿起瓶子喝了一口「FRESSY」。只有在她喝東西的時候，如同風吹一般的聲音才會停下來。

「因為爸爸是不能選的。從生下來的那一刻就已經注定好的事情，又不是靠自己的努力，有什麼好得意的？真要炫耀的話，應該炫耀自己挑的男朋友才對。」

從她的口裡聽到「男朋友」這三個字讓我有點驚訝。

「那妳有男朋友嗎？」

「當然沒有。」米娜很乾脆地搖頭否認。

我把剩下的一點奶饅頭統統倒在盤子上，也沒有特別的原因，只是覺得自己好像在吃米娜的奶頭一樣。她的奶頭大概就是這種蛋黃般的膚色，而且入口即化吧。我總覺得，米娜的胸部以後應該不會變大，純粹像個小飾品一樣，悄悄地掛在那邊而已。

當然我也沒什麼資格說別人就是了，我自己也不是那種小六就需要穿胸罩的天之驕女，和一般人沒什麼兩樣。雖然母親幫我把因升上中學而買的第一件胸罩放進了行李箱裡，但是依我估計，我的胸部要在入學典禮之前長到符合胸罩大小的機會非常渺茫。

「啊，我想起來了，唯一一件因為爸爸長得很帥而開心的事情。」米娜用力擺動雙腳一邊說道。「就是抓爸爸鼻子的時候。爸爸的鼻子很高對吧，抓起來玩最合適了。」

最後的奶饅頭被她放進了嘴裡。

多虧了光線浴，就算沒穿衣服也很溫暖。眼皮裡似乎還殘留光線的影響，不管怎麼眨眼，橙色的光影依稀可見。

從此以後，光線浴室就成了我和米娜最重要的地方。只要待在那裡，不管待多久大人都不管。米娜點燃火柴的那一刻，那裡就是沒有任何人打擾、只屬於我們的兩人世界。

拿著地球儀找小豆子的故鄉利比亞（非洲西部的小國家，形狀和小豆子坐著耍脾氣的姿勢很像）、為了嘗試烤麵包讓麵團發酵（大概是因為光線浴室的溫度很適合，烤出來的麵包非常好吃），或是看米娜的相簿，統統都在光線浴室。

相簿的每一張照片，都是姨丈懷裡抱著還是嬰兒的米娜。小米娜幾乎從未看著相機，只是一股腦兒抓著姨丈的鼻子，或是手指插進姨丈的鼻孔。小米娜對這個充滿魅力的玩具露出不可思議的表情，姨丈則是一臉慈祥和藹。

到了四月，小學的開學典禮遠比中學的入學典禮還來得早，米娜升上了六年級。一大清早，米田婆婆便用藏青色的緞帶幫米娜束起頭髮。因為開學日不用上課，米娜拿了裝著手帕和室內拖鞋的手提袋就出門了。

「路上小心喔。」我目送米娜離開時，發現門口站了一對伙伴：不知道什麼時候從庭園來到玄關的小豆子，還有小林先生。

小豆子的模樣和平常完全不一樣，雖然惺忪的眼神和遲鈍的動作幾乎沒變，但是脖子上戴著類似項圈的東西，背上也放了一個木製的小椅子。為了固定椅子，小豆子圓滾滾的身體綁著兩條皮帶，小林先生則拿著項圈的繩子站在一旁。繩子的前端裝飾流蘇、項圈上還綁著和米娜相同的緞帶。

姑且不論這種裝扮究竟適不適合侏儒河馬，不過每個配件卻為小豆子營造出古樸的氣質。項圈和脖子的三層皺摺完美嵌合，綁在身上的皮帶也看不出會讓小豆子有任何不適；不如說那兩條皮帶的顏色和皮膚相近、宛如小豆子身上的一部分。唯獨緞帶，不管怎麼看都和小豆子圓圓的身體、短小的四肢，還有悠哉的表情不搭調，感覺就像不得已把失敗的裝飾品掛在那裡一樣。

「既然準備好了，我們出發吧，米娜小姐。」

小林先生把空的「FRESSY」木箱倒扣在地上。看到小林先生的動作，小豆子低下頭、前腳彎曲。

米娜踩著空箱子，騎到小豆子的背上。

這一連串的動作十分流利，說明了彼此之間充滿信賴。

「出發嘍。」

米娜正襟危坐，手提袋放在膝蓋上。

「路上小心喔。」阿姨、羅莎奶奶和米田婆婆同時出聲。

小林先生握著繩子上的流蘇，米娜端莊地挺起身子，小豆子轉了兩、三下尾巴後，隊伍就這樣出發了。通過蘇鐵樹，下了斜坡，緩緩離開大門。

8

米娜每天都騎著小豆子到Y小學上課。

不就讀哥哥龍一的母校神戶私立小學，似乎是基於健康的考量。不論搭校車還是賓士，車子排放的廢氣都可能引發氣喘，因此為了降低通學造成的負擔，米娜就讀離家最近的Y小學。選擇那裡的話，只要經過蘆屋川的開森橋，再走二十分鐘就能抵達，唯一的問題就是陡峭的坡道。

入學之前，姨丈和校長商量，希望能夠讓米娜騎小豆子上學。為了確認小豆子是不會攻擊人類的溫馴河馬，校長似乎想親自騎一次，給小豆子來一場考試。校長刻意大叫、拿午餐的麵包引誘，甚至拉小豆子的耳朵，牠也只是一臉嫌煩地叫了幾聲，依然保持溫馴的脾氣，順利通過了校長的考試。

經過反覆嘗試，姨丈製作了騎乘小豆子所需的各種配件：鋸掉幼兒餐椅的椅腳當作鞍子的替代品；皮帶做成項圈、窗簾束帶的流蘇拿來裝飾項圈的韁繩，姨丈成功讓小豆子成為世上唯一一頭載人的侏儒河馬。早上，小林先生護送米娜騎著小豆子上學，放學時牽著小豆子到校門口迎接她已經成為每天的習慣。

一開始我還覺得放著那麼高級的賓士車不搭真是太可惜了，但是換個角度想想，小豆子身價可抵十輛賓士轎車，換言之，在家裡，米娜使用的才是最貴的交通工具。

米娜隊伍的行進稱得上派頭十足：米娜直視前方、小林先生穩妥地抓緊轡繩、小豆子步步扎實地走下坡道。在自家門前灑掃的住戶、趕搭電車的通勤族、與米娜同校的學生，只要看到米娜駕臨，每一個人都停下動作，自動讓出一條路來，小林先生會向路人行注目禮，巧妙操控手中的轡繩，調整小豆子的行進方向。

「哎呀，米娜要去上學嗎？」

附近認識的阿姨偶爾會向米娜搭話，坐在小豆子背上的米娜總是很有禮貌地回禮。

「阿姨早。」

當然也有少數不知情的人會露骨地投來詫異的眼神，即便如此，米娜隊伍的行進也絲毫不受影響。米娜永遠抬頭挺胸，小豆子也只是一心一意載好自己的小主人。

載著米娜的小豆子雖然總是一臉發呆的表情，但骨子裡其實非常機靈。走路時總是低著腦袋，避免重心向後仰，米娜如果坐得不安穩，小豆子就會細心地放慢速度。為了不讓米娜擔心，不管遇到多麼陡峭的坡道也絕不露出疲憊困頓的神色。這些舉動雖然看似貼心，不過從牠一臉淡然的態度來看，與其說牠是顧慮騎乘者，不如說是為了自己才走得這麼細心平穩。

早晨的陽光照耀著米娜隊伍的背影，米娜的書包和小豆子的屁股發出亮麗的光澤，沿路還能聽到獸蹄摩擦柏油路的細微聲響。

拐過最後一個彎，小學的正門近在眼前，米娜和小豆子的緞帶很有默契地同時晃了起來。

等待中學開學的這段時間，除了寫信給母親以外，書桌和我幾乎絕緣。母親怕我的成績落後城市的小孩子太多，囑咐我一定要多用功，還特地把漢字和數學參考書塞進我的行李。只是我一次也沒打開來看過。

過了不久，母親捎來了信：

蘆屋離神戶和大阪都很近，應該有很多新奇好玩的地方才對，阿姨有沒有帶妳去哪裡玩呢？我聽說大阪萬國博覽會的舉辦場地已經變成了公園。既然萬國博覽會沒去成，至少可以去參觀太陽塔，相信那裡也能讓朋子留下美好的回憶才是。住在都市的這段日子裡，如果有機會就多去看看以前沒去過的地方吧。媽媽來到東京後，每天都很掛念妳，希望妳能多出去走走。下次放假的時候，我再去百貨公司買一些可能會用到的東西寄給妳和米娜……

自從我來到蘆屋，除了訂做制服以外，一次也沒有出去過，也從沒有和阿姨一起出門的經驗。不止阿姨，蘆屋家的人都很不喜歡出門。對他們來說，待在家裡是至高無上的樂趣，出門則和麻煩與不幸畫上等號。家中持有駕照的只有姨丈和小林先生，食品和日用品也都請商店街的店家直接配送到府，其他人就連外出買東西都很難得。

大概是因為姨丈「喜歡出門」的程度到了有家不回的地步，所以也算平衡了大家不愛出門的情況。

但是我並沒有因此而感到不滿。就在兩年前，當我得知母親因為工作的關係，沒辦法帶我去萬國博覽會時，我難過得大哭大叫。後來知道全班去不成的小孩只有三個人，我幼小的心靈徹底品嘗了絕望的滋味。不過現在對我來說，太陽塔之類的地方去不去已經無所謂了，蘆屋家還隱藏著許多比美國登陸月球更具魅力的事情。

我最感興趣的就是羅莎奶奶的房間。每當米娜只顧著看書不理我的時候，我就跑去敲羅莎奶奶的房門，奶奶總是立即請我進去。

她的房間比任何人的房間都要來得大，但是相對地也放了更多東西，活動的範圍自然受限不少。房間裡放置了好幾件從德國帶來的漂亮家具。收納洋裝的衣櫃、書櫃，與書桌並排而立，上頭還擺放許多小家飾：例如：陶瓷娃娃、糖果盒、紅茶茶具、花瓶、香水、音樂盒、派對包、帽子及玩偶屋等等。其中最顯眼的就是羅莎奶奶的床，四根床柱幾乎和我等高，床頭板上精心雕飾玫瑰花紋。羅莎奶奶名字的第一個字母「R」繡在米田婆婆整理得平整無瑕的床單上。因為羅莎奶奶腳不方便，房裡幾乎每三步就有一張椅子，各式各樣的椅子造形都相當講究。

掛滿照片的牆上沒有一絲空隙，每一張泛黃的古老照片滿是我所不知道的人與事，彷彿羅莎奶奶的人生堆疊成年代分明的地層。

進到房裡，我感覺自己就像個考古學家，對於各種探索感到雀躍不已。雖然盡可能不做出失禮的舉動，但是太過熱中的結果，讓我不小心擅自打開了羅莎奶奶的抽屜。

「咦，這是什麼啊？」

有許多抽屜的梳妝台讓我特別想一探究竟。裡面擺滿不同種類的化妝品，從化妝水到粉底都是「雙姝系列」，圖案是兩個瓜子臉的女人一左一右，頭上戴著淡桃色的花，一臉做作地看著同一個方向。

「啊，那個，很有效喔。肌膚美白保養乳液，塗愈多，皮膚愈光滑。」

羅莎奶奶讓我坐到梳妝台前，替我披上絲綢製的化妝用披肩，毫不吝惜地使用各種高價的化妝品。看起來似乎很有保養功效的乳液，茶色的瓶蓋配上乳白色的圓形瓶身，上頭標示「肌膚濃厚滋養乳液」的字樣。

「像這樣，沾在手指上，嘿咻、嘿咻塗在臉上。擠一顆杏仁大小，剛剛好，一顆梅子大小，可以清髒東西，一顆珍珠大小，不夠。」

奶奶用髮夾固定我的劉海，接著在我的額頭、臉頰還有下巴塗上「肌膚濃厚滋養乳液」。

「朋子的肌膚，好漂亮、好多。」

「好多？」

「元氣、水分、彈力、未來，什麼都有。」

站在我背後的羅莎奶奶從鏡中注視著我的臉，顫抖中帶著一點不可靠的指尖開始在我臉上均勻塗抹乳液，指尖謹慎地遊走臉上各個角落。從眼角、鼻頭到耳垂，每一處細心塗抹。我感覺得到奶奶的呼吸、鳥巢般的蓬鬆白髮，還有頭髮觸到披肩時的沙沙聲響，奶奶滿是皺紋的指尖讓我奇癢難耐。

「不可以告訴米田婆婆喔。」羅莎奶奶食指抵著嘴唇，做出「噓」的動作。

「為什麼？」

「那個人，小朋友化妝，不喜歡。多餘的東西，塗在肌膚上，覺得對健康不好。我也想幫米娜化妝，可是不行。所以只有我們兩個人的祕密。好嗎？」

奶奶對著鏡子裡的我眨了眨眼，象徵兩個人的祕密約定。

確實，兩個老人家在化妝方面的觀念可以說是天差地別。羅莎奶奶每天早上吃早餐的時候總是裝扮整齊，不止配合洋裝變換口紅顏色和髮飾的款式，就連小拇指的指甲油沒塗好，也會十根手指全部重新來過。

而米田婆婆總是素顏，除了擦一點絲瓜水以外，完全不做任何打扮。比起化妝，她還比較喜歡在廚房翻動鍋鏟；與其自己穿漂亮的洋裝，看著別人穿自己打點好的洋裝反而更開心。

接著，羅莎奶奶用粉紅色的化妝棉幫我略施粉底（在米田婆婆不會發現的程度內）、嘴唇塗上一點潤唇膏、幫我用指甲亮光水按摩指甲、拿起鏡台上的每一瓶香水讓我聞味道，還讓我挑一瓶最喜歡的香水、滴一滴在耳垂後面。不過說實話，我實在分不出味道的差別，純粹看瓶子外觀挑選。

雖然年邁的雙手不停顫抖，瓶瓶罐罐碰得叮噹響，但撫摸我的手指依舊柔軟而溫暖。年邁的奶奶緩緩彎下和小豆子一樣圓胖的腰，把快要鬆脫的假牙慢慢推回嘴裡。

我沉醉在各式各樣的化妝品裡，令人愛不釋手的瓶子、顏色絢麗的液體，還有各種從沒聞過的香味都令我心醉神迷。唯獨看到羅莎奶奶無名指上的結婚戒指，我感到有些害怕。戒指完全嵌進手指的肉裡，和皮肉結合在一起。萬一遇到不得不拿下戒指的情況，除了把手指砍掉以外沒有其他辦法了吧，那種景象光想就覺得可怕。我坐在梳妝台前的這段時間，心裡一直祈禱不要發生那樣的狀況。

「好，完成了。」羅莎奶奶卸下披肩，反覆看著鏡子裡的我和實際的我，很滿意地點點頭。「嗯，非常漂亮。朋子，漂亮。對米田婆婆，保密。」

之後，羅莎奶奶請我教她寫「朋子」這兩個字，也就是我的名字。儘管來到日本已經五十六年，奶奶對漢字還是很不拿手，也依然隨身攜帶字典，一旦碰到不會的單字，就拿著字典問身旁的人。明明年輕時能看懂很多漢字，卻因為年紀老邁而逐漸忘得一乾二淨。

朋子

我用鋼筆盡可能在便條紙上寫得大一點。

「嗯……」奶奶戴起掛在脖子上的老花眼鏡，用著有點欽佩似的誇張口吻念出來。「這個，相同的漢字、兩個合在一起，看起來感情很好。」

「嗯，沒錯。兩個月合在一起。」

「這種漢字，以前有嗎？我都不知道。」

「是朋友或伙伴的意思。」

「真是不錯，好棒的漢字。明明只有一個月亮，卻將兩個月擺在一起，一定代表很重要的同伴。相同大小、沒有上下之分，而且並排在一起，這一點真好，很平等。不是孤伶伶一個人，跟那些化妝品一樣。」

羅莎奶奶指著梳妝台，雙姝依舊被花圈圍繞，細長的雙眼始終看著同一個方向。奶奶蹣跚地踮起腳尖，從牆上拿下一張照片給我看。

「這個也是。我們、兩個人在一起，平等排在一起。」

那是一張相當老舊的照片，兩個少女穿的都是有蕾絲領口和燈籠袖的連身裙。

年紀似乎和米娜差不多，兩個人很要好地偎在一起合照，如同雙姝和「朋」字的雙月一般並排在一起。

「奶奶，妳們是雙胞胎嗎？」

「嗯……」

「哪一個是羅莎奶奶呢？」

「這邊。鼻子和嘴唇中間的溝、比較深的，耳垂、比較圓的。」奶奶指著左邊的少女說道。但是不管我怎麼看，還是分不出兩個人的差異。

「另一個是姊姊，愛瑪姊姊。」

「姊姊還住在德國嗎？」

羅莎奶奶搖了搖頭。她曖昧不清的搖頭方式，令我猜不出到底是指在德國以外的地方，還是有更深一層的含意。只是，看到她從口袋裡拿出手帕擦拭照片的樣子，我才領悟到原來是另一種含意。

「一九一六年，要來日本的時候，在柏林車站道別了。結果，成了真正的道別。」

我從奶奶的手裡拿過照片，掛回牆上的位置。放的時候確認了好幾次，直到確定放好了才安心。奶奶拿過便條紙，將老花眼鏡戴好，再一次觀察我所寫的字。然後在我寫的字旁邊，悄悄寫了另一個小小的「朋」。

9

終於到了中學入學典禮的日子，天候寒冷微陰。本來我還以為，既然姨丈還沒回來，那麼入學典禮得自己一個人去了，況且其他人也完全沒提到這件事。誰知到了當天，蘆屋家所有的女性為了我的入學典禮弄得人仰馬翻。

「我們絕不會讓朋子一個人去學校的。」阿姨一反常態，語帶嚴肅。

羅莎奶奶、米田婆婆，還有米娜，三個人擠在阿姨的衣櫥前，手裡拿著自己覺得最好的洋裝，一件一件塞給阿姨試穿。

「看樣子領口好像有點鬆了。太太，您是不是又變瘦了呢？」

「不管怎麼說，這個太單調了。單調的感覺、不好。今天是值得慶祝的日子，應該穿明亮一點。大花紋的、沒有嗎？好想把我的借給妳，可是大小、沒辦法。」

「可是，穿得太招搖反而會給小孩子添麻煩啊。與其講究華麗，不如讓自己看起來年輕一點怎麼樣？」

三個人的意見完全沒有交集，光是要決定一件衣服就費了好大的勁。反倒是阿姨完全沒能表達自己的意見，只能一股腦兒地同意大家的提議。

從衣櫥裡的服飾來看，阿姨顯然和時尚無緣。每一件洋裝的質地似乎都很高級，可惜設計太過正統、毫無特色，幾乎是以「如何看起來不顯眼」為主題所做出來的樣式，而且衣服的數量嚴重不足，從稀疏的衣架間隙還能看到衣櫥的背板。

經過一番爭論，阿姨穿藏青色的薄綢連身裙外搭貂皮披肩，以遮掩太過削瘦的頸子和肩部，也可增加一點華麗風；藍寶石髮夾將頭髮往上盤，營造出年輕的效果。不管是貂皮披肩還是藍寶石髮夾，都是從羅莎奶奶房間裡找出來的古董，幫阿姨塗上亮麗的口紅、重新撲上胭紅的也是羅莎奶奶。

和阿姨相比，身為主角的我可就簡單多了，穿上剛從西宮的洋貨鋪送來的制服、下半身再搭一雙白色襪子就ＯＫ了。多虧姨丈慧眼獨具，我的制服穿起來非常合身。至於米娜和小豆子綁的那種緞帶，因為校規禁止，沒辦法拿來綁頭髮。而胸罩果然如同我預料的一樣，不管再怎麼調整都沒辦法和我的胸部吻合，看起來硬邦邦的很不自然。

「記得喔，朋子小姐，到新班級只要抬頭挺胸就沒問題了。第一印象可是很重要的，雖說是轉學生，可也不能一副膽戰心驚的樣子。說到底大家都是一年級新生，沒什麼好怕的。」米田婆婆邊說著邊拍著我的背給我加油打氣。雖然我並不感到害怕，還是很感激米田婆婆的關心。

米娜一如往常騎著小豆子去上學，我和阿姨兩個人則步行去學校。小學和中學剛好反方向。

Y中學的地勢遠比家裡還要來得高，上學的過程可不光是爬個坡，根本是登山。沿途還能從樹林間聽到高座川溪水潺潺流動的聲音。我和阿姨走得氣喘吁吁、微微冒汗，阿姨特地穿戴的披肩差點掉了。

最慘的是，阿姨的披肩是往下掉，偏偏我的胸罩卻是每走一步就往上滑。等到了學校正門，胸罩已經跑到奶頭上方的位置，完全失去胸罩原本該有的功能。

從四周恬靜的風景看來，學校似乎沒有想像中來得有都會氣息。校舍背倚青山，山上沒有住家，只有生長茂密的花草樹木，整體的印象和四周田地環繞的岡山中學沒有太大分別。

我的班級是一年二班，綜觀班上的女孩子，並不只有我長得特別土。儘管母親一直很擔心這一點，不過就像米田婆婆說的一樣，沒有什麼好怕的。男生看起來也很普通，沒有哪個男孩子長得特別帥。我們的級任導師個子很矮，是一個剛從大學畢業的社會科教師。

「妳家在哪裡？」入學典禮開始前，鄰座的同學向我搭話，我把地址告訴她。
「喔，這樣的話，就是在養河馬的人家附近嘍？」
「嗯，就是那裡。」
「這樣啊。」
她的眼神彷彿我就是那一頭河馬一樣，意味深長地盯著我。
「可是妳的姓不一樣耶。」那個女孩指著我的名牌說道。一想到還要解釋，真是給自己找麻煩。
就在這時候，教務主任嚴肅地宣布入學典禮開始，體育館裡頓時安靜了下來。我嘆了口氣，不忘在那個女孩的耳朵邊小聲地說：「那不是普通的河馬，是侏儒河馬，偶蹄目、河馬科、侏儒河馬屬。」

參加入學典禮的阿姨，表現堪稱完美。左手輕撫著穿戴整齊的披肩，髮夾上的藍寶石綻放出高雅的光芒，飄落在配件上的櫻花發揮了意想不到的美感。阿姨的嘴角含笑，眼神沒有一絲陰霾，就算坐在冰冷的鐵管椅上，也依舊保持優雅的風采。明亮的口紅顏色和阿姨相得益彰，質地柔軟的連身裙襯托出苗條的曲線。

FLUSS
die Japanische Streich
die Japanische Streich
die Japanische Streich

HAUS
einen eigenen haushalt füren
Verlagsrecht
F
Häuserreihe
TIER
VOGEL
Kochshule
1
Kochshule
2
Kochshule
4

TRAUM
einen traum träumen
Verlagsrecht
Verlagsrecht
TAGEBUCH
Die Japanische Literatur
Verlagsrecht
Die Deutsche Literatur
Verlagsrecht
Die Frankreich Literatur
Verlagsrecht
Verlagsrecht "D"
STUHL
bilderbuch 1

平時一臉歉然地點著菸，或是低著頭喝威士忌的神情，統統完美地隱藏了起來。

開學以後，我和米娜的生活也逐漸規律了起來。放學回家吃完點心後便各自回房念書，到了下午就聽瑪莎．克拉蔻兒(注)老師的《空中英語教室》，幫米田婆婆或小林先生做一些簡單的家務，例如削紅蘿蔔皮、搬運小豆子的飼料等等。然而有一件米娜一定會做的事，就是拿著火柴點燃瓦斯、幫忙燒洗澡水。據說在我還沒來以前，這份工作就是米娜的職責，而且行之有年。吃完晚飯後，我和米娜會一起泡澡，然後各自回房間睡覺。

規律的生活慢慢治好了我的思鄉病，每天早上起床心情都很不錯。我特別喜歡春光明媚的晴朗早晨，沐浴在穿透窗簾灑下的晨曦中清醒的那一刻。昨晚穿過的拖鞋、米黃色的床鋪、壁紙的花樣、圓形的燈泡，還有散發出沉穩氣息、彷彿坐在前面頭腦就會變好的書桌。我喜歡坐在床上，看著這些東西的輪廓從黑暗中慢慢浮現。

拉開窗簾，映入眼底的是庭園的綠葉在朝露下閃閃發光的景象，以及橫亙在海天一線之下的廣闊大海。小豆子窩在假山裡繼續做著香甜的美夢，只有小鳥朝氣蓬勃地啼叫，圍聚在池畔喝水。房門外，感覺得到米田婆婆在樓下準備早餐，還能聽到麵包店的小卡車停在卸貨口配送麵包的聲音，彷彿還能聞到剛出爐的麵包所發出的香氣。晨光彷彿平等賜福給世間。

相反地，夜晚特別令人提心吊膽。日暮西沉，夜幕逼近，玄關、廚房、階梯、庭園和屋內各處依序亮起了燈光。祝福的時刻不再，只留下黑夜的詛咒。不管是米娜還是羅莎奶奶，每個人都在自己的歸宿受到妥善的庇護，只有我一個人像走錯地方一樣被遺留下來；也只有我一個人，孤獨地受到絕望侵襲。

夜裡的小豆子最可憐。一到晚上，夜行性的小豆子活動範圍就會變得比白天寬廣，在花壇周圍打轉，頭靠在藤架下的長椅看夜景，或是直接躺臥在草皮上。不知道是不是因為小林先生準備的飼料不夠，小豆子總會嘴饞似的把頭伸進花草樹叢裡，偶爾也會跑進水池裡泡水。從牠圓圓胖胖的體型根本無法想像牠游泳時竟然如此悄無聲息。

從房間的窗戶看著夜裡的小豆子，讓我感到無法平復的寂寞。白天看來令人發出會心一笑的逗趣姿態，到了夜晚好像帶著完全不同的意義。無法向我們訴說的寂寞、痛苦，彷彿都在散步和嘆息中傾吐；或者藉著游泳，將所有的鬱悶統統溶解在水池裡。

注：瑪莎．克拉蔻兒（Marsha Krakower），生於東京，畢業於日本聖心女子大學文學部，曾任ＮＨＫ空中英語講師，現為聖心女子大學文學部助教授。

每當小林先生回家後，小豆子總是孤身默默地融入黑夜裡。

家中，只有我一個人擔心夜裡的小豆子，我想，也只有我能夠了解牠的心情。小豆子浮現在黑暗中的綠色屁股，充分表達我倆寂寥的心情。

最能撫慰思鄉病的良藥，莫過於母親寄來的信。米田婆婆只要在信箱看到母親的來信，一定立刻停下手邊的工作，大聲叫喚我。

「朋子小姐，有妳母親寄來的信。」

一聽到這句話，大家就會聚集到我身旁，一同替我感到高興。

「信的厚度看起來好像跟以前不一樣？」

米娜的觀察力始終很敏銳。

「朋子的媽媽，字好漂亮。這個漢字、我會念了，兩個月亮排在一起，朋子。」

羅莎奶奶戴起老花眼鏡，專注地看著信封上的收件人姓名。

「有好好回信給媽媽嗎？記得要好好回信，免得媽媽擔心。為人子女，最不孝的就是讓父母操心。」

不論何時，米田婆婆總不忘說教。

「大家都擠在一起湊熱鬧，會讓人家沒辦法好好讀信，我們就先讓朋子獨處吧。」

阿姨開口道。

我以前一直很好奇，為什麼他們總是對別人寄來的信這麼有興趣？為我解開這個疑問的人，正是米田婆婆。

「有龍一少爺的信喔。」米田婆婆一邊說著，一邊走入客廳。

米娜的兄長，人在瑞士留學的龍一表哥，只要他寄信回家，就能讓全家人無條件感受到幸福的甜蜜，彷彿吹進深宅大院的一陣清風。一聽到龍一來信，羅莎奶奶一反常態，飛快地拄著枴杖出現，阿姨也會趕緊把手上的菸捻熄，就連正在整理庭園的小林先生也會馬上趕來。信件上的收件人總是寫羅莎奶奶的名字，因此打開信封成了她專屬的特權。

「快點打開吧。」

相對於迫不及待的米娜，奶奶倒是仔仔細細看著信封、摹寫上面的文字、注視郵戳的印記，甚至親吻封口。接著才用令人擔心的顫抖手勢直接拆開信封。一開始我還很擔心，這麼重要的信件，拆得歪七扭八的，真的沒關係嗎？不過大家等著看信，早已經等到望眼欲穿，似乎也就不在意這種小細節。

裡面除了寫給羅莎奶奶的信，還有阿姨、米娜、米田婆婆、小林先生的信，每個人從奶奶手中拿到屬於自己的信後，當下就站著讀了起來。有的人看了面帶微笑、有的人看了感動不已，一旦有人先念出信裡的內容，其他人就像比賽一樣，一個接著一個念出自己信裡的內容，大家都坐在自己喜歡的沙發位置上專心傾聽。

他們相當珍惜收到來信的喜悅，也會彼此分享這份喜悅。不過我卻注意到一件事情，龍一表哥寄來的信裡，沒有一封是寫給姨丈的。

10

放學途中，走下最後一段坡道，從樹林之間隱約看得到洋房的外觀，而且不管看幾次都不會膩。首先看到雙塔的頂端，接著是屋頂勻稱的輪廓，圓潤的橘色屋瓦和乳白色外牆形成絕妙的搭配，周遭還有綠蔭點綴。就算沿著下坡的彎道改變觀看的角度，也不失其整體的協調美感。半圓形的窗戶、陽台的扶手和百葉窗在樹林間若隱若現，雖然宅邸的全貌無法盡收眼底，但是感覺得到那裡似乎隱含某種巨大的美感，令人無法相信藝術品般優美的建築裡居然真的有人居住。

當然，宅邸裡的裝潢比起外觀也毫不遜色。我提著書包，佇立在玄關，陶醉地仰望挑高的天花板，姨丈第一次帶我進門時的驚喜與感動絲毫沒有褪色。天花板的華美吊燈、畫出優美弧度的迴廊，或是會客室門上的彩色玻璃，所有的一切都讓我無法習以為常。光是站在那裡，就能讓我的心撼動不已。

還是中學生的我雖然對藝術不甚了解，也能看出宅邸裡擺設的藝術品、工藝品全出自一流的匠心巧手。大部分都是米娜的爺爺收藏的珍品，可不是為了炫耀而胡亂擺設，每一樣逸品都經過精心考量，陳設在能與其相互輝映的空間裡。

全部十七間房間除了有專門的清潔人員打掃以外，愛乾淨的米田婆婆也會親自打理各個角落，因此家裡總是一塵不染。要是一不小心有什麼東西忘了整理，馬上就會被眼尖的米田婆婆發現，吃上一頓排頭。弄髒的體育服、學校的講義、「FRESSY」的空瓶，不管什麼東西都必須各就各位。

唯有一樣東西例外，那就是書本。凡是米娜讀到一半的書本，就算擱在溫室的桌上沒收好，米田婆婆也絕不隨便收拾。尚未閱讀的書頁隱藏著未知的世界，蓋在桌上的書本則象徵新世界的入口。為了避免米娜找不到入口、迷失方向，所以不能隨便整理。這是米田婆婆長年以來的貼心顧慮。

在蘆屋家，不論是多麼昂貴的雕刻、陶器，都沒有書本來得重要。為了能在想看書時隨時拿到書本，許多房間裡都設有書櫃，就連小孩子也能自由取閱大人的書籍。從德文的藥學專業書籍、米娜的繪本，乃至於米田婆婆的《主婦良伴》，統統一視同仁、平等對待。

相對地，岡山家裡沒有任何一本書。身旁的印刷品也只有母親工作時用到的流行雜誌和洋裁的型號目錄。因此，當我第一次知道，原來除了圖書館以外，竟然還有其他地方有這麼多書，著實感到驚訝。

我也不禁懷疑，一個家庭是否真的需要擁有這麼多書籍。不過，我很快就改變了想法。依牆而立的書櫃幾乎和天花板一樣高，既沒有特地彰顯書本的存在，也沒有添加華麗的裝飾，只是靜靜排列在那裡。外觀上，每一本書看起來都是相同的四角形小盒子，卻同樣孕育散發出雕刻家和陶藝家所創造的美感與氣質。印在每一頁上的字句、含意，都遠超出了「書」這個容器所能承載的極限，蘊含了龐大深邃的寓意。然而它卻以最樸實無華的外表、耐心等待人們拿起來閱讀，那份堅忍令人肅然起敬。

米娜平時總會來到房間裡，抿起嘴唇、眼睛眨也不眨一下，不停搜尋書背，然後在書櫃前走來走去。隨著火柴盒的碰撞聲停止，總算精挑細選了一本書。也不在意裙子裡的罩衫可能會曝光，就這樣努力踮起腳尖，拿起自己想看的那本書，以細瘦的手抱在懷裡。

只要躺在沙發上抱起枕頭、打開書本，米娜就能神遊到遙遠的國度。

四月十七日，星期一早上。米娜一看到餐桌上的報紙，馬上驚呼了起來。

「川端康成，自殺身亡！」雖然她是照著報紙的頭條念出來，但聲音已經接近哀號。

「在工作室吸入過量瓦斯，疑因健康因素厭世。」這次則帶著抗議的口吻念出報紙的副標。

「誰知道呢，想不到諾貝爾文學獎得主竟然會……」將奶油與果醬放到餐桌上，米田婆婆一臉難過。

「就是啊。」阿姨將檸檬片放到紅茶裡，小聲嘟囔。

米娜攤開報紙，朗讀報紙上的報導。「諾貝爾文學獎得主川端康成，七十二歲，於逗子市瑪麗娜公寓四樓的工作室內，口含瓦斯管自殺。現場並未發現遺書，相關人士亦不清楚其自殺動機。據悉，上個月動完盲腸手術後，川端氏的健康便每下愈況……」

在座眾人專心傾聽米娜朗讀，羅莎奶奶雙手交抱胸前、米田婆婆繼續在麵包上抹草莓果醬、阿姨攪拌著紅茶。東邊的陽光灑落在米娜的側臉，她流暢地念著報導毫無滯礙，困難的漢字也全部讀出正確的發音。

「……其遺體於隔天凌晨，在家屬與附近居民陪同下，送回位於鎌倉的寓所。」

米娜語畢，眾人一同重重嘆息。

「有人認識川端康成嗎？」我試著問。

「沒有。」羅莎奶奶放下交抱的雙臂，回答了我的問題。

「因為看大家好像大受打擊的樣子，所以……」

「沒有認識，從來沒見過面。可是、川端先生，是作家吧？寫書的人。家裡有好多川端先生的書，雖然不認識，還是有關聯。川端先生寫的書、大家都有讀，所以、很難過。」

米娜慎重地將報紙放回餐桌上。大家像在默哀一般，低頭不語。就連桌上的火腿蛋變涼了，仍然繼續低頭盯著自己的餐盤。

「含著瓦斯管死掉，真不知道是什麼感覺。」

米娜抱著塊狀飼料的麻布袋問我這個問題。當天放學回家後，我們幫小林先生餵小豆子。

「不知道耶……」

米娜總是問一些我不曉得該怎麼回答的問題。畢竟我的年紀比她大，自然想當個令她敬佩的大姊姊，可惜我每次都沒辦法漂亮地回答她的問題。

「瓦斯管是塑膠做的，放在嘴裡感覺應該不太好才對。那種東西本來就不該放進嘴裡，味道大概也不怎麼樣吧。」

我把三個像磚頭一樣的四角形乾草塊運出小屋。小豆子等不及似地，一直在我和米娜之間轉來轉去。

「還不可以喔。」米娜制止小豆子將鼻子湊近乾草飼料，接著用磅秤量準二．五公斤的分量。「為什麼要尋死呢？」

米娜的口吻不像在抗議，反而像是用自己的雙手撫摸，確認著眼前的疑問一般。小豆子流著口水，眼巴巴望著我們和飼料，等待我們讓牠吃飯。

「自己寫的故事編成了書本，放在世界各地的書店和圖書館供人閱覽；在自己沒去過的地方，有素昧平生的人在圖書館裡看著自己寫的書。人生中有這麼美好的事情，竟然還要尋死，到底是為什麼呢？」

米娜一拍手，小豆子立刻將鼻子湊進飼料塊裡，用舌頭大口大口將飼料塞進嘴裡。明明沒有人和牠搶飼料，小豆子卻吃得狼吞虎嚥。

讓米娜更難過的，是隔天下午的一則新聞。不仔細看就很容易忽略的小版面上寫著：「獨居老人受川端氏死訊刺激，跟隨川端氏走上黃泉路。」

晚飯時，我們坐在位子上，想像獨居老人的書櫃上放著川端康成的書籍。我們抱著弔唁川端康成的心情，再度幫那位自殺的獨居老人默哀祈禱。

11

川端康成的死，成為我造訪蘆屋市立圖書館的契機。

「我有一件事想拜託妳。」星期六下午，米娜對我開口。「可以幫我去圖書館借書嗎？」

圖書館位於阪神線打出車站的北邊，從家裡搭車過去頂多只要十分鐘。但是對於容易暈車的米娜而言，已是難以忍受的距離，而小豆子所受許可的步行距離也只有上下學的路線而已，根本不可能騎著牠去圖書館。因此必要時，似乎都是拜託小林先生去圖書館幫忙借書。

「整理庭園的工作已經很累人了，還特地讓人家幫我借書，感覺很不好意思。況且以小林先生的年紀，去借《紅髮安妮》、《少女玻麗安娜》這些書，我想也怪難為情的。當然小林先生不會這麼說，不過如果朋子妳能幫我去借的話，我會覺得比較安心一點。」

「沒問題啊，可是家裡都有這麼多書了，還需要特地跑去圖書館借嗎？」

聽我這麼問，米娜驚訝地睜大雙眼。「因為世界上的書多到根本讀不完嘛。」

「嗯，也是啦。那要幫妳借什麼好呢？」

「川端康成的書。」

「羅莎奶奶不是說過，他的書家裡已經有了嗎？」

「《伊豆的舞孃》、《雪國》、《古都》，這些都讀過了，所以我想請妳借這三本以外的書。」

「除了這三本以外的書？例如？」

「朋子妳以前讀過、覺得很有趣的，這樣應該就沒問題了。」

「呃……」

這句話讓我頓時語塞，因為我從沒有看過川端康成的小說，甚至連書皮都沒看過。日本第一個得到諾貝爾文學獎的作家所寫出來的巨作，身為國中生卻連一本都沒讀過似乎有點說不過去。我不免感到焦慮。

「那……我就隨便找一些借回來嘍。」

我只好趕緊敷衍過去。

從開森橋出發的巴士通過兩旁已然凋謝的櫻花樹，越過平交道，經過好幾個候車亭，在住宅區奔馳。老實說，比起不知道川端康成的小說所帶來的羞赧，能夠幫上米娜的忙更令我開心。自從來到蘆屋家，我一直希望幫這個家的人做點什麼。米娜氣喘病發作的時候大家都各自扮演重要的角色，唯獨我一人什麼忙也幫不上。我在心裡不停祈禱，期望有一天大家會覺得「啊，有朋子在真是太好了」，因此幫米娜到圖書館借書算是一件輕鬆的差事。

在打出天神社對面的圖書館是以石材建成的堅實建築，四周種植雄偉的樹木，藤蔓爬滿了外牆。古色古香的大門帶有中國風的裝飾，館內的空氣散發出石材特有的沁涼，整齊的高大書架在通道的角落留下淡淡的影子。和我去過的岡山小學圖書室或是兒童圖書區完全不同，散發出更成熟、更有威嚴的氣質。

「那個……我想辦一張借書證。」我對著櫃台的男子說道。

「妳是第一次來嗎？」

那個人看起來和其他圖書館員不同，只有他一個人做便裝打扮，穿著白色的套頭毛衣。

「是的。」

「有學生證嗎？」

「有，在這裡。」

我把剛從學校拿到的學生證拿給他看。

「好，那麼請妳在這張紙上用鉛筆寫下個人資料。」

眼前這個男人高大清瘦，低著頭的時候，長長的劉海從額頭垂落下來。儘管外表看來像個年輕大學生，態度卻相當沉穩，想必已在圖書館工作了一段時日。拿著書的姿勢謹慎而俐落，絲毫沒有多餘的動作，聽起來平靜溫和的嗓音完美融入圖書館的寂靜。

「請問有川端康成的書嗎？」我問道。

「當然有。」穿著套頭毛衣的先生抬起頭來回答我。

「在八號書架旁邊設有追悼專區，妳可以去找找看。不過無論如何，川端先生的死真的很令人感到惋惜。」

「是啊。」

我們一同望向八號書架的位置。

「您覺得有哪些作品比較有趣呢？」

「才國中就讀川端先生的作品，不錯嘛。」

套頭毛衣男露出善意的微笑。

「不會。」我趕緊慌張地搖頭否認。

可是，如果我老實說「真正了不起的其實另有其人」，感覺就好像在踐踏他的善意一樣，因此我沒辦法據實以告。

「《伊豆的舞孃》如何呢？」

「啊，那本已經看過了。」

「這樣啊。」

套頭毛衣男一臉佩服的模樣，害我愈來愈覺得自己不能讓他失望。

「還有《雪國》、《古都》也看過了……」

我一直在心裡偷偷告訴自己，我不是在說謊，只是沒有把看的人是誰說出來而已。

「真厲害。」

「既然這樣，那《睡美人》呢？」男子雙手撐著櫃台，挨近我的臉問道。

「……美人……」

這一句話讓我的腦袋陷入了混亂，彷彿眼前印象頗佳的圖書館館員稱讚我是美女一樣，害我心頭小鹿亂撞。

「還沒讀過。」

「這樣的話我推薦這一本，我想應該很適合妳。」

確實如此。「睡美人」這個名字和米娜的確非常相稱。說不定這個人早就看穿我了，看穿我其實只是個跑腿的，真正想看川端康成作品的正牌美女一定還在山上的洋房裡等著。他一定早就了然於胸吧，不然怎麼可能推薦我看什麼美人小說呢？

一想到這裡，自卑的惡性循環令我愈來愈心煩意亂。

「好了，這是妳的借書證，要好好使用喔。」

套頭毛衣男把剛做好的借書證交給我，如同示範標準動作一般，慎重其事地交到我的手上，微微碰觸的指尖帶有些許冰涼。

「是，我會好好使用的。」

從那一天起，我一直遵守約定，即便經過了三十年，我還是很愛惜蘆屋市立圖書館的借書證。縱使已經泛黃、磨損，我在蘆屋那一年間所有借給米娜看的書依然清楚地登記在上面。從第一本《睡美人》開始，一個一個往下數，我和米娜的過往回憶就會浮現心頭。那一個我取名「套頭毛衣男」的年輕館員透過櫃台和我談天的情景也歷歷在目。《亞瑟王與圓桌武士》、《羅傑·艾克洛命案》、《園遊會》、《法蘭尼與卓伊》、《初戀》、《變形記》、《阿Q正傳》、《彗星的祕密》……這些書名如同刻印般，成為我和米娜之間永不磨滅的回憶。我總會拿起借書證，聊慰想念米娜的心情。

迫不及待的米娜坐在玄關的長椅上等我回來。

「沒事吧？有沒有迷路？很快就知道書怎麼借嗎？」米娜跑了過來，一口氣問了許多問題。

「嗯，很順利。來，這是妳的書。」

我把《睡美人》拿給她。米娜立刻將書抱在胸前，對我所付出的微薄勞力表達深深的感謝。果然就如同我預料的一樣，米娜抱著《睡美人》和她非常相稱。至於套頭毛衣男，我想還是當作我的小祕密吧。

12

在蘆屋家只要一有東西壞掉，在打電話找人維修以前，都先送去姨丈的書房裡。羅莎奶奶釦環鬆脫的珍珠項鍊、米田婆婆線路接觸不良的食物調理機、米娜彈簧脫落的自動鉛筆，統統送到書房的桌子上。既沒有寫紙條、也沒有裝進袋子裡，只是把東西放在無人使用的書桌上，然後走出書房。彷彿這樣做，壞掉的東西就會自動復原一般，信心滿滿。

光是能把小豆子變成交通工具這一點，就足以證明姨丈的手藝遠比那些珠寶商、電器業者、文具製造商來得高竿，大部分日常用品修理起來輕鬆愉快。只要姨丈略施巧手，所有疑難雜症都在一瞬間迎刃而解，回復到原本完好無缺的狀態。斷掉的線路重新接續、齒輪順暢地咬合運轉、鬆脫的零件回歸原位。

唯一的問題，就是不知道姨丈什麼時候回來。姨丈沒回來的話，不管過多久，那些壞掉的東西還是一樣堆積在書桌上，不會復原。

但是沒有任何一個人感到焦急，就算食物調理機不能用，準備三餐也不會有任何問題。所有人悠然自適，壞掉的東西也在書桌上耐心等待。

爬上二樓，樓梯口對邊就是書房，清潔公司來打掃時，房門總是敞開著。從房門看到的光景令我駐足良久，在採光良好的窗戶前面，與日俱增的待修物品堆積在厚重的檜木桌上。那樣的景象，每每吸引著我的目光。

姨丈回來的那一天是四月二十九日，也就是黃金週的第一天下午。沒有任何預兆，玄關門鈴叮咚響起，姨丈出現在客廳的當下，大家都發出訝異的聲音。

「公主們，大家過得好嗎？」

姨丈對羅莎奶奶、米田婆婆、米娜，還有我依序來上了一個問候的吻。對於親臉頰這種洋式的問候，大家似乎很習慣，只有我因為沒有經驗，一個人呆呆地感到害羞。米娜馬上占據了姨丈身旁的位置，開始聊起學校到家裡的所有大小事。這時候阿姨才從二樓來到客廳，真正應該互相親吻的兩個人不忍打斷米娜的興頭，於是默默地注視著對方，心領神會。

我心想，啊，這樣一來終於不用擔心書房的桌子被待修物品淹沒了。

姨丈並不是獨自回來的，連同六甲山飯店的兩名廚師以及一名服務生也跟著來到家裡。三人對羅莎奶奶行了一個最敬禮。

「真是好久不見了，夫人。看到您身子硬朗，真是令人不勝欣喜。」

「今天，本飯店要為您獻上一九五六年，也就是前代社長與夫人結婚四十週年時，在慶祝筵會上招待賓客的菜單。」

「喔，大爸爸死前兩年吧。這麼久的菜單，沒人記得。」

「沒有的事，夫人。我們都將那時的菜色謹記於心。」

廚師和服務生再一次深深行禮。

據說姨丈家族是六甲山飯店開業以來的常客，特別是爺爺生前不論是避暑、舉辦舞會、接待賓客，乃至於家族慶生等等，都時常光顧六甲山飯店。可惜在爺爺死後，因為羅莎奶奶腳不靈便的關係，才漸漸少去了。

雖然我不知道接下來會發生什麼事，但也感覺得到一定是令人開心到暈頭轉向的事情。

「咦，為什麼飯店的人會來啊？」我問米娜。

「因為奶奶很喜歡六甲山飯店的西餐，所以偶爾會請他們特地過來。」

「特地？」

「嗯。」

「為了我們？」

「是啊。」米娜回答得相當乾脆。

果然，我們會感到驚訝的標準實在差太多了。米娜對飯店的人員完全不感興趣，只是一股腦兒地黏著爸爸。

「最近看小豆子，感覺好像變胖了呢。我想幫牠換成低脂的飼料。」

米娜說完便拉著姨丈到庭園裡。

我一邊注意避免妨礙飯店人員，一邊在廚房和餐廳之間來回走動，觀察他們工作的情況。他們的動作靜默而確實，舉凡屋裡的構造到抽屜裡的擺設全部瞭如指掌，每一個動作也都精準無誤。服務生在餐桌鋪上白色的桌巾、裝飾鮮花、將蠟燭放上燭台；廚師舉刀切肉、把香料撒入鍋子裡細心攪拌、用小拇指蘸醬料淺嚐味道。

和我一樣靜不下來的，還有米田婆婆。

「今天米田婆婆什麼都不用做也沒關係的。」

明明姨丈事先交代過了，但礙於習慣，米田婆婆還是會不自覺地布置餐巾、擺放餐具。

這時候服務生就會開口：「沒關係，這裡我們來就好。」

聽到這句話，米田婆婆也只好收手。

即使是司空見慣的東西，只要他們的手一碰就帶有莊嚴隆重的威儀。不鏽鋼流理台和大理石調理台都閃耀著晶瑩剔透的水珠，就連米田婆婆常用的圓杓子看起來都像是完成祕密任務的特殊道具。

「請問一下這是什麼東西啊？」我好奇地問服務生。

「這是餐巾套環，上面刻有各位的名字。」

「是特地為了今天才刻的嗎？」

「不是的，我們一直保管著飯店常客的餐巾套環。」

銀製的小圓環很有分量。

上面果然刻有飯店的標誌和人名，「Rosa」、「Toshi」、「Ken Erich」、「Hiromi」，還有「Mina」。那時候我才知道，原來米田婆婆的全名叫做「米田歲」。相對於羅莎奶奶和米田婆婆的圓環呈現出穩重的光澤與質感，米娜的圓環仍發出閃亮的光芒。服務生將餐巾摺成蝴蝶的形狀，然後穿過圓環，一一排放在餐桌上。

「請您不用擔心。」原本一臉沉穩專注於眼前工作的服務生，忽然朝我眨了眨眼。「也有準備您的份喔。」

是個特別嶄新耀眼、完美無瑕的圓環。彷彿只要輕輕觸碰「Tomoko」的刻痕，指尖就會沾上銀粉似的。

「社長事前就親自交代過了。」

服務生更加慎重地將我的餐巾摺疊成蝴蝶的形狀。

等到準備就緒，天色早已暗了下來。餐桌上的餐刀、叉子、空的大小碗盤，以及各式各樣的玻璃杯，毫無間隙地配置在白色的桌巾上。為了這場筵席，每個人特地梳妝打扮，正襟危坐等待晚筵開始，就連米田婆婆也穿了一襲我從沒看過的淡藍色絲質連身裙。餐桌最末尾的位子，因為姨丈出差而一直空出來的座位，今晚也不再缺席。通往廚房的門扉緊閉，完全看不到廚師的身影，但是熱騰騰的料理所散發出來的香氣飄盪在四周的空氣裡。三個服務生站在餐廳一隅，隨時準備上菜。

姨丈起身關閉電燈的開關，並且要服務生先別把蠟燭點燃。然後自豪地開口：

「不用麻煩了，蠟燭就由我們家的火柴負責人米娜來點就好。因為世上沒有任何一個人像她一樣，能夠點燃如此璀璨的光芒。」

13

如果要用一句話來形容米娜這個孩子，大概有很多種不同的說法。例如：為氣喘所苦的少女、喜愛書本的少女、騎著侏儒河馬的少女等等。但是最能彰顯米娜的特質、最能證明她獨一無二的一句形容，莫過於「能點燃美麗火光的少女」。

雖然不曉得米娜是在什麼樣的因緣下對火柴盒愛不釋手，也不清楚為何家人不以危險為由制止她，總之，我來到蘆屋家之前，米娜就已經隨身攜帶火柴盒。不論是燒洗澡水、點亮光線浴室的油燈、在停電的夜裡或特別的夜筵上點燃蠟燭，都成了米娜的工作。

和她相遇之前，火柴對我來說就只是普通的火柴罷了。不過，當她從口袋裡拿出火柴盒，我才體會到那樣的行為儼然是一種無聲的儀式和虔誠的祈禱。

米娜推開火柴盒蓋，從盒子裡揀起一根火柴棒，然後把盒蓋推回原位，接著指尖以微妙的角度將圓潤的紅磷靠在火柴盒粗糙的側面。到此為止，所有的步驟都沉穩而緩慢，完全沒有浪費一絲多餘的力氣。米娜雙唇緊閉、明眸微睜，支撐著火柴棒的指尖充滿即將點燃火柴的氣勢，宛如進入心靈澄明的境界一般。

米娜屏息的一瞬間，指尖舞動翻飛，一個體弱多病的少女行動竟能如此靈敏迅捷，實在令人無法置信。耳邊掠過一陣銳利的破風聲，米娜指尖上的火柴已經點燃了火光，充塞四周的黑暗宛如海水退潮般逐漸消散。

我第一次發現，原來火柴所燃放的火焰是這般清澈透明，完全由不得我移開目光。若非殘留著紅磷的氣味，還會讓人誤以為是米娜使用魔法從別處運來火光，或是她的食指才能燃起清澈火焰的錯覺。

那一晚也是如此，姨丈帶回六甲山飯店人員的那一場晚筵，在場的人全靜靜凝視米娜將六根蠟燭的火光一一點燃。米娜也很清楚眾人的目光都集中在自己身上，但她依然不負眾望，優雅地完成使命。

當米娜手中的火柴熄滅，所有蠟燭燃放光明的那一刻，餐廳裡彷彿施加了魔法。

「開動吧。」

大伙兒隨著姨丈充滿朝氣、活力十足的開場白一同攤開餐巾，耀眼的餐具和瞳孔的色澤在搖曳的火光照耀下顯得格外柔和。服務生安靜地在廚房與餐廳之間穿梭，不需任何指示，自動送上一道又一道可口的佳肴。服務生打開了紅酒和

「FRESSY」的瓶蓋之後，接著在形狀像金魚缸的陶器裡倒入蘑菇湯，然後撒上法式麵包塊。

席間，大家相談甚歡，話題有回憶、無傷大雅的自吹自擂、幽默的笑話、失敗的經驗、外國的奇聞異事、可愛的小豆子、念書的甘苦談等等，無所不包。姨丈聊起去紐約出差時在飛機上碰到的怪老頭，逗得大家開懷大笑。開心的話題令我無暇過問姨丈不在家究竟是因為出差，還是另有原因。羅莎奶奶變得比平常更有食慾；阿姨被姨丈逗得合不攏嘴，酒也不像平常喝的那麼多；米田婆婆在上菜時對著餐盤雙手合十，以示感謝；米娜則是不停地叫著爸爸、爸爸，和姨丈搭話。

剛開始，我還很在意餐刀和叉子的順序有沒有弄錯，餐具的使用方法正不正確等等，但是很快就被從未見識過也從未品嚐過的各種珍奇佳肴所吸引，將餐桌禮儀拋諸腦後。最讓我驚訝的就是上主菜時用來蓋住肉類料理的銅製盤蓋，形狀和光線浴室裡罩住旋轉電燈的圓鍋非常類似。服務生之間互相使了個眼色，每個人同時打開兩個銅蓋，誇張地高高舉起。雖然不清楚銅蓋的目的是為了保溫還是增添食用者的驚喜，總之，「紅酒燉小羊肉佐松露醬」的美味程度完全超出了「食物」的領域。

吃完野莓口味的巴伐利亞奶酪後（姨丈將他的那一份分給我和米娜），羅莎奶奶和米田婆婆在米娜的鋼琴伴奏下引吭高歌。

兩人依偎在一起，對著聽眾微微致意，彷彿沉澱心情般閉起雙眼，等待前奏的音樂響起。

兩人究竟是什麼時候練習的呢？從第一個音節開始，兩位老人家完全沒有走音，歌聲緊密貼近、融合在一起；我萬萬沒有想到，她們的歌聲竟是如此優美。〈海濱之歌〉、〈砂屋的小矮人〉、〈流浪者〉、〈荒城之月〉，有德國的，也有日本的歌曲。米田婆婆優雅地和著節拍，絲毫不見平日對我們小有責難、忙於家務的模樣；羅莎奶奶的歌聲豐潤渾厚，一反平時拄著枴杖的踉蹌模樣。偶爾相互交流的眼神、從肩膀傳遞的體溫，讓兩位老人心意相通。縱使外觀相貌形成對比，歌聲卻是毫無二致。

簡直就像雙胞胎一樣。我想起在擺滿雙姝牌化妝品的房間裡，羅莎奶奶拿著她和愛瑪姊姊合照的老照片給我看。能夠合唱得如此婉約動人，我想，這兩個人一定也是雙胞胎吧。

當最後的歌聲歇止，大家紛紛給予熱烈的掌聲，不知何時來到餐廳的幾位廚師、一直埋頭工作的服務生也拍手致意。晚餐前對我眨眼的服務生特別熱情地賣力鼓掌。滿室掌聲中，我偶然看向窗外，小豆子來到陽台，鼻子貼在玻璃窗上觀察著我們的一舉一動。一直到筵席結束為止，蠟燭始終燃放著光芒。

當天夜裡，就在我起床如廁時，發現書房裡透出亮光。一樓已被黑暗吞噬，連熱鬧非凡的筵席也沒有留下任何痕跡，除了從書房門口延伸到走廊下的燈光外，偌大的住宅感受不到一絲人氣。

「嗨，朋子，睡不著嗎？」姨丈馬上發覺我的存在。

「我去洗手間，晚餐的時候『FRESSY』好像喝太多了。」

我緩緩走進書房，姨丈穿著寬鬆舒適的衣服坐在書桌前。我一眼就看出來，他是在修理那些壞掉的東西。

「今天多謝款待。」

「今天的菜色還喜歡嗎？」

「當然喜歡。好多驚奇的菜色，看得我眼睛都花了呢。」

桌上放置著拆卸了底座的食物調理機、各式零件以及工具箱，姨丈手持螺絲起子，眼睛盯著底座內部。

「奶奶和米田婆婆的歌聲也很棒。」

「很棒對吧？我也是她們二重唱的忠實歌迷呢。」

姨丈雖然沒有從食物調理機上移開視線，但也不覺得我站在旁邊妨礙了他的工作。

「啊，這裡的線路燒掉了。」

「修得好嗎？」

「嗯，大概吧。」

不論在什麼場合、什麼情況之下，姨丈的帥氣與魅力始終不減，就連衣服上隨手打的結看起來也是瀟灑絕倫。

「還有項鍊、自動鉛筆……」

「那些都還算簡單，不過食物調理機就比較麻煩一點。」

彷彿麻煩的問題比較具有挑戰性的口吻。

「阿姨呢？」

「已經睡了。」

寢室就在書房的東側隔壁。我望向寢室陽台，房裡一片幽暗。

「我還擔心桌子會不會被壞掉的東西給淹沒呢。」

「沒問題的。東西不會這麼常壞掉，而且這張桌子也夠大。」

我注意到書房的沙發上掛著被單，連同毛毯和枕頭也準備好了。

原來姨丈並沒有打算回房，而是要自己一個人在這裡睡。

「食物調理機修好的話，米田婆婆會很開心的。」我的語氣好像告誡自己不要盯著沙發一樣。

「明天食物調理機就會煥然一新了。」

「晚安。」我關起書房的門。

「晚安。」姨丈的聲音在背後響起。

14

我想，米娜拿出她珍藏的「火柴盒之匣」給我看的那一刻，也許是她第一次真正向我敞開心房。當然，在那之前我們的關係也很要好，但是在逐漸親密的過程中，「火柴盒之匣」成了打開最後一道心靈之門的契機。

米娜的親朋好友之中，知道這個祕密的只有我一個人。小小的匣子偷偷藏在蘆屋偌大的家中，是我和米娜之間共有的祕密。

「嗯，想看嗎？」我和米娜一起在房裡打毛線時，她忽然停下手邊的動作，對我說道。「如果妳願意的話。」

她的口吻少了平時俐落的自信，多了幾分顧慮。米娜把床緩緩推向牆邊，因為看起來十分沉重，我也一起幫忙。

費了一番工夫，床下露出了許許多多小匣子。

每個匣子都是能夠放在雙手上的大小，形狀、材質、樣式琳琅滿目，小匣子一個疊一個，幾乎塞滿了床底下的空間。之前我時常和米娜一起在床上或坐或躺，卻完全沒注意到床底下竟然藏了這麼多東西，地板上也看得到反覆挪動床鋪所留下來的刮痕。

香皂、信封袋、ＯＫ繃、香水、巧克力、手帕、鈕釦……看得出來這些匣子原本裝著各式各樣的物品，因物品的用途不同，匣子的形狀自然也五花八門。有的匣子外觀精美，光看就知道裡面裝著高級進口物品；有的看起來則是派不上用場、粗製濫造。但是不管怎麼說，每一個都是匣子。

米娜一臉不安，窺探著我的反應。我到底該怎麼稱讚她才好呢？該稱讚這些匣子的數量、還是種類的多樣？或是全部堆疊起來的形狀？

這個問題對我而言實在太難判斷了，比第一次和小豆子打招呼還要來得困難許多。

「隨便一個都好，打開看看吧。」

米娜開口給了我特別的許可。彷彿只有我一個人可以打開觀看的口吻讓我立刻明瞭，這些並不是普通的空匣子。

我拿起一個距離最近、有紅色花紋圖案的小匣子，從外觀上看來應該是糖果盒。匣子的正中央有一個小貝殼，捏住小貝殼就能將蓋子打開。

讓人以為裝著糖果的匣子，裡面什麼也沒有。包裝糖果的蠟紙、製造說明書、甜甜的香味，匣子裡統統都沒有。唯一有的就是火柴盒，米娜平時隨身攜帶的、普通的火柴盒。

「妳再看仔細一點。」

米娜的臉龐挨近，和我一起觀看匣子內側。兩人貼近的距離讓我能夠感受到她的呼吸，還有喉嚨深處吐出的氣息。

火柴盒底部黏了起來，裡面似乎還有火柴棒，拿起來搖一搖就聽見撞擊聲。然而不管怎麼看、怎麼搖，火柴盒裡充斥的沉靜氣息絲毫不受影響，宛如深海般幽靜。

我想起以前班上的男同學拿昆蟲標本給我看的回憶，注射了防腐劑、釘在糖果盒裡的獨角仙、熊蟬、天牛等昆蟲。那種盒子也一樣安靜，雖然拿起來搖晃還是會聽見翅膀震動的聲音，但它們連自己究竟是活是死也不知道，只是默不作聲地待在盒子裡。

米娜的火柴盒看起來就像那些昆蟲一樣。

不過我隨即注意到匣子內側寫著字。剛開始，我還以為是匣子外側的花紋延伸到內側，接著才發現那不是花紋，而是文字。從糖果匣蓋的背面延伸到匣子的側邊、乃至於匣子的底部統統都是米娜的字跡，毫無縫隙，寫滿了火柴盒的故事。

「匣子裡都放了火柴盒嗎？」

「嗯。」

「放床底下是為了避免受潮嗎？」

「我根本沒想到濕氣的問題。」

「那……是為了不讓米田婆婆發現？」

「我喜歡火柴這點大家都知道，根本沒有隱瞞的必要。嗯，先不管這個。妳先看看這裡，不覺得很棒嗎？」

看樣子，我完全沒有問到重點。米娜等不及似地，指著小匣子裡的老舊火柴盒。

雖然盒子的稜角磨損，側藥紙(注)也滿布刮痕，但是黃色標籤的色澤依舊豔麗。標籤上的圖案是一隻坐在蹺蹺板上的大象。大象擁有高聳入天的象牙，模樣非常氣派。設置在草原的蹺蹺板漆成小孩都很喜歡的紅色。坐在蹺蹺板上的小孩都開心地搖晃雙腳。當然，比較重的大象在下面、小孩在上面，大象用長長的鼻子將其中一個小孩捲到半空中，在空中的小孩則像歌劇演員接受安可的掌聲一般，滿臉得意，高舉雙手。捲著小孩的象鼻上長著稀疏的象毛，象牙根部和肚子看起來頗為鬆弛。從外觀上看來，說不定是一頭年老的大象。

大象的頭上還印有「Saftery Match」的字樣。

「那是蹺蹺象。」米娜告訴我。「一頭被蹺蹺板迷失心智的大象。」

米娜開始朗讀寫在糖果匣裡的蹺蹺象故事。

每當大象看到孩子在草原的蹺蹺板上玩耍，心裡總是非常羨慕。雖然單純卻充滿刺激的槓桿運動，還有不停發出「鏗鏘、磅噹」的奇妙聲響令大象十分嚮往。要是能夠那樣子忽上忽下的，不知該有多痛快，才剛想著就要接近天空，下一秒又回到地面，然後再度彈向天空，耳朵想必也會跟著輕飄飄地上下飛舞吧。

於是有一天，大象鼓起了勇氣，拜託那群小孩讓牠加入，草原上的小孩都很和善，馬上答應了大象的要求。

滿懷期待的大象站上了紅色的木板，雖然木板遠比想像中狹窄得多，不過還勉強擠得下。

大象垂著鼻子，屏息以待，等待接近天空的時刻，還有「鏗鏘、磅噹」的聲響。然而，什麼也沒發生。

在蹺蹺板另一端的小孩個個面有難色，不曉得該說什麼才好。善良的孩

注：火柴盒旁邊的粗糙面，安全火柴的頭藥（亦稱紅磷）只能在側藥上引燃。

子們希望至少能讓大象稍微體會玩蹺蹺板的樂趣，於是努力地將屁股往下壓。可惜，大象上不去、小孩下不來。不管大象怎麼等，情況還是沒有改變。

大象非常難過。只要自己一站上蹺蹺板，蹺蹺板就像凍住一樣動也不動。這一點令牠領悟到問題出在自己身上。

事實也的確如此，當大象把視線移到自己的腳上，看到紅色的蹺蹺板陷入泥土裡，心情更是難過到極點。

後來，連玩盪鞦韆、堆沙、還有單槓的孩子也都跑來蹺蹺板旁邊看熱鬧。大象用牠最自豪的長鼻子將小孩子一個一個捲到蹺蹺板上。大家歡欣鼓舞，甚至還開玩笑擺起各種姿勢，畢竟能被大象的鼻子抱起來的經驗可不是每天都有。

蹺蹺板上的小孩多了一個、又一個，但是蹺蹺板依然文風不動。孩子們的身體在狹窄的蹺蹺板上愈貼愈緊，怕跌下去的孩子還抓住彼此的衣服。即使到了這個地步，大象仍然持續把小孩捲上蹺蹺板。

漸漸地，所有的小孩不安起來。歡欣鼓舞、玩笑嬉鬧的小孩愈來愈少，到最後一個也沒有了。因為他們發現，當天空離自己的腦袋瓜愈近，相反地自己離地面也就愈遠。失控的大象伸長了鼻子捕捉躲在樹蔭下的小孩，尖銳的象牙朝向天際，露出凶惡的銀芒。

小孩不斷擺動雙腳，宛若哭訴著想回到地面的心情。遺憾的是，現在他們唯一能夠自由活動的也就只有懸在半空中的雙腳而已。蹺蹺板人擠人的程度已經到了呼吸困難的地步，但瘋狂的大象還是不肯罷手。為了聽到「鏗鏘、磅噹」的聲響，長長的鼻子持續捕捉更多小孩。

如果你看到紅色的蹺蹺板，千萬不要隨便靠近。特別是其中一端長年以來始終陷入地面、完全靜止不動的蹺蹺板，最好要當心一點，因為那裡站著一頭因蹺蹺板迷失了心智的大象。而蹺蹺板的另一端，則坐滿了擠在一塊兒的小孩，他們被抬到半空中，再也下不來。

「結束。」米娜說著捏起貝殼，蓋上了糖果匣，蹺蹺象的火柴盒再度沉睡於黑暗之中。

15

米娜這麼熱中於收集火柴盒，並不是因為喜歡點火。能夠熟練地點燃無人能比的璀璨火焰，純粹是長年使用火柴所帶來的結果，並非原本的目的。米娜真正熱愛的，是火柴盒上的繪畫。

說是繪畫，其實不過是和真正的繪畫相去甚遠的小圖案，但也因為如此，反而成為她理想的收藏品。就算是七歲小孩也能抓在掌心裡的大小，既不沉重也不貴重，想看時隨時能拿出來玩賞。

如同蹺蹺象故事的圖案一樣，儘管只是火柴盒上的標籤，但圖案上所描繪的卻是不受拘束、極富創造力的風景。例如青蛙彈奏四弦琴、鴨嘴獸張開大嘴吞掉不會游泳的人、小雞抽菸斗等等，每一個圖案都兼具創意與對比。打個比方，就像看到郵差搭貝殼渡海送信、烏龜與福助（注）踩在圓球上表演雜技，或是聖誕老人泡溫泉一樣。圖案既不講究繪畫設計的基礎，也不注重透視法或常識，只是單純在四方形的狹小空間印上簡潔的線條和色彩而已。

米娜拿起火柴盒，把玩輕巧的盒子，享受側藥的粗糙觸感、火柴棒的碰撞聲、還有可愛圓潤的紅磷之後，就會掬取隱藏在標籤圖案裡的故事。大概就連標籤繪製者本身，乃至於無數使用火柴盒的人，都不曾發現在火光搖曳的背後隱藏了被蹺蹺象抓住的孩子們掙扎哭鬧的聲音。

米娜為了保護那些火柴盒不被丟棄、踩扁，甚至被燒掉，因而製作了「火柴盒之匣」，並且在匣子裡面寫下故事。彈奏四弦琴的青蛙、或是泡澡的聖誕老人，統統有了相稱的文字，各得其所。

只要我想看的話，米娜不論何時都樂於陪我觀賞她收藏的匣子，偶爾會耐心地等我讀完故事，或是自己主動念給我聽。匣子的內側貼滿了白紙，從蓋子的背面到底部，統統寫滿了米娜細小的字跡。不管是四個角落的凹陷處，或是漿糊所造成的凸起，都無法阻礙米娜一心一意寫著屬於標籤的故事。

那些文字的羅列原本只是單純的集聚，當所有的集聚完成的一瞬間，羅列的文字就成為舒適的依靠與緩衝，宛如鳥巢一般，成為包容、守護火柴盒的溫床。

對米娜而言，製作「火柴盒之匣」也許是她唯一能夠遠行的時刻。既不必擔心

注：象徵生意興隆的吉祥物。

低氣壓、汽車廢氣或陡峭的坡道引發氣喘病，又能盡情遊歷草原、大海以及自己喜歡的地方。小豆子自然是她旅行時忠實的好伙伴，一同陪伴米娜徜徉於小匣子的世界。

姨丈返家後，來了許多拜會姨丈的訪客，家裡變得好不熱鬧。上門拜訪的幾乎都是和姨丈工作有關的客人，姨丈總在書房裡接待。有的訪客帶著土產、有的夫婦連袂前來，甚至還有外國人登門拜訪。雖然米田婆婆的工作量因此大增，卻還是將家務處理得有條有理。除了拜會姨丈的訪客之外，還有從元町來幫羅莎奶奶量製新洋裝的裁縫師，以及有意收購階梯上的油畫而來拜訪的畫商。羅莎奶奶訂做了三套夏季禮服，被拒絕的畫商則是一臉遺憾地離去。

那一天的訪客，是為了幫小豆子健康檢查而從天王寺動物園請來的獸醫。

「嗨，小豆子，過得還好嗎？讓妳寂寞了真是過意不去。」

為了不讓小豆子感到寂寞似的，獸醫先生一臉熱情地擁抱牠的腦袋。

「真是太好了，小豆子，總算看到朝思暮想的戀人了呢。」

「是啊，小豆子開心到耳朵抖個不停呢。」

姨丈和小林先生你一言、我一語地調侃小豆子。自從小豆子來到「FRESSY」動物園之後，那位獸醫先生便一直擔任牠的主治醫師。

我和米娜坐在庭園的假山上看著小豆子的反應，在我們眼裡，小豆子大概是覺得麻煩到受不了才會抖耳朵吧。

個子矮小又駝背的獸醫先生穿著泛黃的醫師袍，脖子上掛著聽診器，禿得精光的腦袋和小豆子的屁股好像相互輝映一般，在太陽的照耀下閃閃發光。

很快地，小豆子的健康檢查開始了。小林先生撫摸小豆子的鼻頭，轉移牠的注意力，獸醫先生就把握時機拿著皮尺測量小豆子身體的各個部位，姨丈則將測量的數值記錄在資料夾裡。六十二・五公分、十八・三公分、一・七二公尺、四・八公分。獸醫先生接著彎下腰、踮起腳尖，雙臂環抱小豆子的身軀，念出皮尺測量的數值，看起來就像裁縫師幫羅莎奶奶測量肩寬和腰圍一樣。在一旁負責記錄的姨丈彷彿確認列車安全的車掌，一邊複誦測量數值，一邊搖動手上的筆桿。然而有些測量的部位讓人覺得和健康檢查根本一點關係也沒有（例如尾巴的長度、鼻孔的間隔等等），儘管如此，大家還是沒有遺漏任何一個數據。

下一個檢查項目是測量體溫。獸醫先生抓起尾巴，把體溫計插入小豆子的屁眼裡。

「不會吧。」這一幕令我相當驚訝。

「肛門的溫度是最正確的喔。」米娜若無其事地回答。
「不痛嗎?」
「妳覺得牠看起來像很痛的樣子嗎?」
的確,小豆子根本沒注意到自己的後半部發生了什麼事情,不過是一臉鬱卒地眨眨眼,把飛來的蒼蠅趕走而已。
量完體溫後,接著是心臟。獸醫先生趴在地上,從小豆子的前腳間把聽診器放到胸部的位置,就算小豆子的口水滴滿了背部也不以為意。為了避免妨礙到獸醫先生聽診,我們都保持安靜,不敢發出聲音,但是身為健診對象的小豆子卻不安分地動了起來。
「小林先生,不好意思,可以幫我壓住小豆子的腰嗎?」獸醫先生保持四肢著地的姿勢說道。
「呃,哪裡是牠的腰呢?」
「大概在這附近吧。」
姨丈指著肥嘟嘟、圓滾滾的身軀上看起來最像腰部的位置。小林先生和姨丈站在兩旁,一起壓住小豆子的水桶腰。
「凡是動物的腰都是身體的重心所在,只要控制住腰,動物就沒辦法亂動了。」

獸醫先生眼睛看著上方，手指巧妙移動聽診器，如同聽取遠方傳來的重要信息一般，一本正經地豎耳細聽。

小豆子的心跳聲聽起來不曉得是什麼樣的聲音。我坐在假山上，心裡想著這個問題。是不是像米娜的心臟一樣，為了承受沉重的呼吸而強力鼓動呢？雖然假山並不高，但舒適的涼風吹拂，還能觀賞庭園的全景。

「醫師，小豆子的年齡如果換算成人類的話，大概是幾歲呢？」

獸醫先生收起聽診器，檢查小豆子的四肢關節，偶爾抓抓牠脖子附近的脂肪。

「大小姐，小豆子和人類不同，所以這個問題不成立喔。」獸醫先生的雙手不曾停歇，一邊回答我的問題。「因為小豆子活在牠自己的時間裡啊。」

我和米娜聽了，饒富興味地點點頭。

「好啦，接下來該去掃墓了，我先失陪啦。」

經過一連串的檢查，小豆子除了有點過胖以外，其他沒有什麼令人擔心的毛病。獸醫先生宣布結果後，接著要去掃墓。

「掃墓？掃哪裡的墓啊？」我問米娜。

「『FRESSY』動物園之墓，妳看，就在那裡。」

直到米娜告訴我，我才留意到，在庭園的東隅、放置工具的小房間後面，有一處微微隆起的土堆，周遭排放各式各樣的石頭。土堆的上方，陽光在楊梅樹枝葉間搖曳，只有一塊刻著「FRESSY動物園的伙伴長眠於此」的木頭，標示這裡是動物的墓園。

獸醫先生從白袍裡拿出一顆蘋果，供奉在墓前，雙手合十。看著姨丈、小林先生還有米娜也一同默禱，我趕緊依樣畫葫蘆。不知何時來到我們身後的小豆子擠到我們面前，一口將蘋果給吞了下去，發出享受美食的咀嚼聲。

這段時間，獸醫先生始終閉起眼睛默禱，掛在脖子上的聽診器隨著微風飄揚。

16

「最早來到這裡的，是台灣獼猴三郎。」

米娜語畢，手指輕撫布滿青苔的墓碑。姨丈開車送獸醫先生回去，小林先生拉著小豆子到池塘邊。他們離開後，只剩下我和米娜留在墓前。墓地的綠蔭比起其他地方都要來得濃密，好一陣子沒有雨水滋潤的土地也富含水分，在交相掩映的枝蔓間，可見陡坡上茂盛的樹叢以及對面民房屋頂一角。

「在『FRESSY』動物園關閉不久前，也就是昭和十五年，說來也是我出生之前的陳年往事了。」

「是生病過世的嗎？」

「事故。」米娜撿拾小豆子吃了一地的蘋果皮，一邊回答。

「來一下。」

我們手牽著手，走向工具房後面的東側圍籬。

「就是這裡。」

米娜指著腳邊的位置。遍地雜草間還能看到布滿紅色鐵鏽的軌道和看似枕木的腐朽木塊。

「『FRESSY』動物園剛成立時，庭園還有小型軌道列車行駛。現在的廚房卸貨口就是當初動物園的入口，從那裡搭上車，列車會筆直前進，接著右轉通過假山的後方到小豆子的水池，來動物園的人都能享受迷你列車之旅。車掌就是台灣獼猴三郎。每次出發的時候，三郎就在前面的座位上搖著鈴鐺，頭戴別著『FRESSY』星形徽章的帽子。」

的確，雖然現在只看到斷斷續續的軌道遺跡，但仍看得出路線一直通往廚房的卸貨口。在入口旁邊還有老舊的四角形小木屋。以前我一直以為那裡只是普通的庫房，不過仔細觀察，半圓形的窗戶看起來就像是售票口，整間木屋也只有窗戶的正上方油漆褪色得特別明顯，褪色的區塊還能看到木頭上的釘痕。上面大概曾經釘著動物園的看板吧，例如：「歡迎來到FRESSY動物園」、或是「入場費　大人五圓小孩免費（含列車搭乘券）」之類的標語。

「除了小豆子之外，迷你列車算得上是動物園裡的人氣冠軍喔。只要聽到三郎『筐啷筐啷』搖著鈴鐺、還有迷你列車發出『喀噹』的聲音，小孩全樂翻了呢。雖然行駛速度和小跑步差不了多少，但是感覺就像飛在天空一樣舒服。乘客都很喜歡摸摸三郎，大人還會異口同聲地稱讚三郎是隻聰明的小猴子。等到列車右轉來到水池邊，乘客看到小豆子都會興奮地大叫，注意力統統集中在小豆子身上。然而不管乘客多麼興奮，三郎都保持冷靜，認真地注視前方，確認終點快到了，就會再一次拉下鈴鐺的繩子。等列車停止，乘客全奔向小豆子，沒有人回頭看三郎一眼。」

「也是啦，比起猴子，還是河馬比較稀奇吧。」

「可是三郎也沒有因此耍脾氣喔，牠喜歡迷你列車，和其他動物感情也很好呢。三郎一直都記得自己在『FRESSY』動物園該完成的使命，是一隻很有責任感的猴子喔。」

我們撥開腳邊的雜草，從售票亭前面沿著鐵軌前進。看起來並不穩固的細長鐵軌幾乎有半數以上都埋在土裡，過去讓許多小孩開心的輝煌記憶也已不復存在。

「那是一個初夏的星期日，天氣就像今天一樣晴朗。」米娜繼續說著過往的故事。「那一天搭乘迷你列車的人也是大排長龍。有的小孩吃著糖果、有的手裡拿著氣球，還有母親背著嬰兒，每一個人都滿心期待。三郎帽子上的星形徽章也發出不同以往的凜然光芒。過了一會兒，列車發出了宏亮的出發鈴響，就在列車起步沒多久，三郎馬上發現了異狀，鐵軌的震動和吹過臉龐的風勢都與平常不一樣。三郎知道，列車的煞車壞了。因為這裡面向南方，腹地有一點傾斜，如果煞車失靈，列車的速度就會愈來愈快。沒有乘客發現異狀，對他們來說，列車速度快一點反而比較開心。當然，列車上有駕駛，真正的駕駛並不是猴子，而是一個打工的青年。他死命拉著煞車的把手，列車的速度卻絲毫不見減緩，再這樣下去，整輛列車很快就會撞上轉角的楊梅樹。打工的青年趕緊跳下列車，正打算用身體阻擋列車行進，有個『人』比他更早行動，那就是列車的車掌，三郎。」

「然、然後呢？」

我握住米娜的小手，她的手宛如果凍一般柔軟，彷彿稍微用點力氣就會立刻融化一樣。

「三郎跳到列車與鐵軌之間，列車將三郎的肋骨、內臟統統碾碎了，最後終於慢慢停了下來，位置剛好就在楊梅樹下的墳墓一帶。」

儘管太陽漸漸西沉，庭園南邊的草皮依然翠綠，花壇的玫瑰、藤架下的長椅，以及雙塔的頂端也仍舊沐浴在燦爛的陽光下。只有躺臥在我們腳邊的鐵軌沉入陰暗的地底。

橫臥在陽台躺椅上的羅莎奶奶從剛剛就一直維持相同的姿勢、持續沉睡。不久前才由小林先生拉回池邊的小豆子不曉得跑去哪裡，到處都看不到牠圓滾滾的身影。

「唯一完好無損的，只有三郎最心愛的車掌帽。事故發生時，帽子從三郎頭上鬆脫，滾落到地面上。當時年僅十二歲的爸爸抱著那頂帽子整整哭了三天。現在帽子和三郎葬在一起。」

我和米娜一直緊握彼此的手，彷彿這樣做就能強烈感受到彼此對三郎的敬意。庭園上微風吹拂，淡淡的甜味隨著米娜的秀髮飄動，彷彿混合著「FRESSY」、奶饅頭和氣喘糖漿的味道。

「不僅爸爸感到難過，動物園的伙伴都用牠們的方式表達哀悼之意。山羊停止泌乳、孔雀縮起羽毛、鬣蜥則像搞錯冬眠時間一樣動也不動。至於小豆子，那個貪吃的小豆子整整三天沒有吃任何東西。爺爺為了記念三郎，便造了這個墳墓。也許，『FRESSY』動物園就是在三郎死後一蹶不振的吧。事故發生後，列車停駛，沒多久，開設未滿兩年的動物園也關閉了。」

就在米娜說完動物園的陳年往事後，池塘水面波動起來，小豆子從水裡浮起，前腳踩在池邊，慢條斯理地走出池塘。小豆子搖晃腦袋，身上的水滴灑落一地。

「米娜、米娜。」

遙遠的呼喚聲音傳入我們耳裡，一回頭，看到阿姨手裡拿著毛衣，步履蹣跚地從庭園跑來。

「原來妳在這裡啊，害我找了好久呢。」阿姨上氣不接下氣地說著。

「有什麼事嗎？」

「起風了，趕緊把毛衣穿上吧。」

「不用這麼緊張嘛。」

「去光線浴室稍微暖暖身子吧。」

深怕女兒著涼的母親，眼裡絲毫沒注意到埋有動物的墳墓。阿姨小心翼翼地將米娜擁進懷裡，為她穿上毛衣。

「嗯。」

米娜乖巧地聽從阿姨的吩咐。

「好了，朋子也一起進屋裡去吧。」

我默默點頭，再一次注視著三郎發生事故時帽子掉落的地方。

隔天，米娜出現了輕微的氣喘症狀，整整在家休養了一個星期。而我就在中學公布第一次期中考的考試範圍後，開始努力用功念書，準備應付考試。這一段日子，天空不停地下著雨。

我背誦英文單字或歷史年號時，偶爾望向窗外，彷彿能夠看到雨幕的另一邊，有許多米娜告訴過我的動物出現在眼前。站上蹺蹺板的大象、不肯張開羽毛的孔雀，或是搖著列車響鈴的台灣獼猴，每一個都浮現出清晰的輪廓，然後一一消失。真正存在的，只有小豆子而已。不時還會聽到隔壁傳來米娜的咳嗽聲。

期中考結束的那天晚上，姨丈再次離家，不知去向。放在廚房的食物調理機、掛在羅莎奶奶脖子上的珍珠項鍊，還有回到米娜鉛筆盒裡的自動筆，統統修理得完好如初，書房的桌子也整理得乾乾淨淨。

17

「我推薦的《睡美人》好看嗎？」

套頭毛衣男一看到我，馬上詢問我的讀書心得。自從第一次辦理借書證把《睡美人》借回家以後，我幾乎每個星期六都到蘆屋市立圖書館，但因為運氣不佳，我一次也沒有碰到套頭毛衣男。不過就在那一天，我一發現套頭毛衣男出現在櫃台，便裝作若無其事的樣子在櫃台前走來走去，希望吸引他的注意。

「是，這部小說非常有趣。」我小聲地回答。

事情發展得實在太過順利，反而令我慌了手腳。季節已經到了六月，眼前這個人當然不再穿著套頭毛衣，不過手拿書本的動作、緩緩融入高挑空間的低沉嗓音依舊沒變。

「是嗎？那真是太好了。我還擔心妳會不會覺得我多管閒事呢。」

「沒這回事。」我趕緊搖頭澄清。

「真的嗎？」

「當然是真的啊。雖然這本小說的確有點奇怪，整個故事除了老人以外就只有一個陷入沉睡、連話都不說一句的女人。不過，我能了解作者的含意，那個老人其實是在學習怎麼面對死亡。讓自己吃下安眠藥、睡在和死了沒兩樣的女兒旁邊，這個行為本身就像在棉被裡與死亡共眠一樣。透過這種行為，老人就能逐漸習慣死亡，等到死亡真的來臨時，自己才不至於害怕得不敢面對……」

為了讓套頭毛衣男知道他的擔心是多餘的，我像連珠砲一樣說個不停。

「才國中就能夠體會老人害怕死亡的感情，真是驚人。」

在櫃台後面的套頭毛衣男身子微向前傾，滿臉笑意地凝視著我，清爽、長短適中的劉海垂落。他的微笑並不是那種哄小孩的笑法，而是真心充滿敬佩的微笑。

「能有像妳這樣聰明伶俐的女孩來使用這間圖書館，真是我們的榮幸。」

儘管我始終低著頭，卻能感覺到套頭毛衣男的視線，以及背後書架間人來人往的聲響。

我的良心不停吶喊：請你行行好，不要用這種欽佩的眼神看著我，我不是值得你稱讚的人。你好意推薦給我的小說，我連一頁也沒看就丟在一旁了。現在說的這些統統都是米娜告訴我的，我只是把她告訴我的感想照本宣科念出來罷了。真正有資格接受你微笑的人，是一個還沒讀國中，現在正待在山上的洋房裡的小女孩。所以求求你，請不要再這樣看著我了，拜託你！

「決定好今天要借什麼書了嗎？」

套頭毛衣男的問題就像解除我心虛的魔法一般，讓我總算能把頭抬起來。於是我從袋子裡拿出米娜交給我的紙條。

「那、那個，今天要借凱薩琳．曼斯……曼斯菲爾德的作品《花園宴會》(注)。」

「那是一本好小說喔，妳去那裡的英美小說區找找看，那裡的書架應該有曼斯菲爾德的短篇集才對。」

套頭毛衣男舉起手，指著書架的方向。他的手臂出乎意料修長，擁有和清瘦身材不相稱的粗獷指節。

「謝謝你。」

我恭敬地道謝後，便快步朝著套頭毛衣男指示的方向移動。

明明是自己要借的書卻還要看紙條，連作者的名字都念得支支吾吾，他會不會覺得我很奇怪？能夠理解《睡美人》的聰明女孩竟然表現得扭扭捏捏、毫無自信，看起來會不會很可疑？一想到這些問題，我便趕緊跑到英美文學區的書架之間躲起來。

我有點怨恨起喜歡讀這些複雜小說的米娜了。

我在心裡偷偷拜託套頭毛衣男。拜託，請你千萬不要覺得我很可疑，一切就像你預料的一樣，我只是個跑腿的而已，你只要把我當空氣就行了。讀懂《睡美人》的少女也的確如你所說，是個優秀的小孩。所以你不用擔心，你們圖書館是該感到驕傲。

很快地，我找到了曼斯菲爾德的《花園宴會》。為什麼只要在套頭毛衣男面前，我的心裡就會充斥這些自卑的念頭，連我自己都覺得不可思議。

有一次我和米娜在光線浴室玩錢仙時，套頭毛衣男的祕密差一點就露餡了。

雖然也不是非得守口如瓶，但就是一直找不到適當的機會告訴米娜，況且如果把套頭毛衣男的事情告訴她，會更讓我覺得自己是個刻意說謊的小孩。再說，依我對米娜的了解，圖書館館員的稱讚應該也不會讓她覺得高興。

要玩錢仙之前，首先要在白紙畫上空格，畫好之後依序在空格裡填入五十音（這張紙稱作預言紙），接著一邊說「錢仙、錢仙請出來」，一邊以食指按著五圓硬幣來占卜。錢仙在岡山的小學非常受歡迎，想不到在蘆屋也同樣流行，而且米娜竟

注：原書名為《The Garden Party》。

然還是學校裡玩錢仙的第一把交椅。

光線浴室是最適合玩錢仙的地方了。在岡山時，我們總是在氣氛陰暗的自然科教室，再不然就是福利社的倉庫裡進行，可是沒有一個地方比得上光線浴室。這裡隔絕了外界的喧囂，也不用擔心大人打擾。最重要的，這裡唯一的光源只有米娜點燃的油燈。

光療結束後，我們趕緊準備。在橙色的光線消退後，我們為了讓眼睛回復平常的視覺而呆坐了一會兒，但油燈的火焰很快便映照在磁磚上的伊斯蘭圖案。我和米娜穿著襯衣在床上面對面坐著，攤開事先準備好的預言紙。

身上穿著的白色襯衣更增添了玩錢仙的氣氛。彷彿我們卸下虛矯的裝扮，化身為虔心叩拜錢仙、擁有強烈靈力的巫女。

米娜製作的預言紙上，因為反覆使用所產生的毛邊與變淡的字跡說明了這張紙過去指示了許多預言。米娜在預言紙中央做為結界的五芒星裡放置了一枚五圓硬幣。

「那麼，讓我們召請錢仙降駕。」

米娜正襟危坐，手掌按著心口，對著儀式道具恭謹一拜。除了慎重的語氣外，連原本的關西腔也消失了，一舉一動讓現場氣氛攀升到最高點。

「首先，我們要問朋子目前心裡最重要的事情。準備好了嗎？」

「是的，麻煩您了。」我也學起米娜嚴謹的語氣。

米娜以食指按著五圓硬幣，我也跟著照做。

「不行不行。兩個人的手指一定要成九十度直角才可以啦。」回復關西腔的米娜如此警告。

「可……可是在岡山沒有這種規矩啊。」

「岡山和蘆屋的錢仙不一樣啦，如果不維持九十度直角，靈氣會跑掉的，知道嗎？」

「嗯，知道了。」

「那麼讓我們重新開始。」

明明才做完光療沒多久，米娜的手指卻很冰涼。緊閉的雙唇，眨也不眨的眼神，彷彿訴說著空氣中劍拔弩張的氣息，平日慣見的可愛氣質變成妖異詭譎的姿態。油燈搖曳的微弱火光照耀出令長髮盈波盪漾的棕色光澤。

「錢仙、錢仙請出來，錢仙、錢仙請出來……」

米娜的低語聲爬過磁磚地板、消逝在房間的黑暗之中。就在這時候，指尖的知覺解離，全身好像只有食指變得輕盈。下一秒，五圓硬幣帶著兩個人的食指靜靜在紙上滑動起來。

「TO」。五圓硬幣最初停在「TO」字上頭。下一個是「TU」，再下一個是「KU」，最後停在「RI」；接著彷彿靈力用盡似地，在紙上遊走了一陣後回到了結界裡。

「套頭毛衣（TOTUKURI）是什麼？會不會是和錢仙（KOTUKURI）的發音搞錯了啊？」

米娜忽然改變姿勢，雙手環抱胸前，一臉不能理解的樣子。

「嗯，一定是這樣子。因為『TO』和『KO』離得很近。喏，妳之前說手指要保持九十度直角，所以我一直很在意手指的角度，心裡想的自然就變成錢仙了啊，一定是這樣沒錯。」我趕緊編出一套謊話想瞞過米娜。

「難得能夠一起玩錢仙，想不到出現的預言竟然是這個，真無聊。」

米娜似乎還是很不滿。

「那不重要啦，這次換我幫妳測。米娜現在最重要的問題是什麼？快點開始吧。」我催促著米娜趕快開始。

五圓硬幣的下一個指示是「SU」、「I」、「YO」、「HI」這三個字。

「星期三（SUIYOHI）嗎……」我獨自低語，仍舊無法理解當中的玄機。

18

那時在光線浴室玩錢仙所得到的幾個預言，直到現在我仍記得一清二楚。將來的職業、結婚對象的姓名、會生幾個小孩、以後住在哪裡……每一個都毫無例外地槓龜了。

有的時候連我都很懷疑，米娜是不是真的相信錢仙這種東西。她的想像力和洞察力遠比一般的小學六年級生敏銳，對她而言，說不定錢仙這種無聊的把戲只是拿來保護孱弱的自己不受欺負的手段而已。

但至少，她應該沒有懷疑過錢仙的存在才是。穿著襯衣、一臉玄妙的表情看起來不像在騙人，使用預言紙和五圓硬幣的動作也相當謹慎而虔誠。我想，也許真的有什麼肉眼看不見的東西潛入光線浴室，偷聽我們兩個小孩講悄悄話。就算「祂」的預言亂七八糟，我和米娜也始終相信那一定就是錢仙。

不過如果錢仙真的存在，為何只有第一次預言準確呢？「套頭毛衣和星期三」，這兩個詞究竟有什麼意味，我們明明心知肚明卻又不肯互相吐實，只說是岡山和蘆屋的靈力混雜在一起導致誤算，結果那反而是唯一一次正確的預言。

也許，光線浴室裡的錢仙並不是那種為了誇示能力、有問必答的高傲神靈。將來的丈夫叫什麼名字、會有幾個兒女，這些無關緊要的瑣碎事項祂只是隨便應付，唯有真正重要、應該一輩子銘記在心的事情才會正確預言。彷彿經過一番深思熟慮之後，才輕輕推動我們細小的食指。

解開星期三之謎的那一天，正好是我和米娜一起幫米田婆婆烤麵包的日子。平常麵包都是由位於國道旁的法式麵包店用小卡車直接配送到家，不過偶爾若運氣好，能夠拿到不錯的酵母，米田婆婆也會自己烤麵包。

我很喜歡米田婆婆的料理。細緻中不失大膽，樸素中兼具美感，每一道料理都呈現出她老人家的個人特質。雜燴菜肉蛋捲餅、山椒烤鰆魚、咖哩麵包、含羞草沙拉、玉筋魚釘煮(注)、燉肉丸子、栗子飯、酥炸鯨肉、羊肉派……不單是每一盤料理的味道，就連裝盤的方式以至盤子的模樣，都在我心裡留下鮮明的印象。

當然，米田婆婆的料理沒有六甲山飯店的菜肴那麼奢麗，卻有一份獨特的溫情。就連暑假的午後常做給我們吃的冰涼蕎麥麵，都能感受到米田婆婆溫暖的心意。

然而我最喜歡的，是和米田婆婆一起動手做料理。以前在岡山，我偶爾也會代替忙碌的母親張羅晚飯，不過頂多就是增加麻煩的打雜幫手罷了。一樣是料理，一旦經過米田婆婆的巧思與手藝，儼然成了美學探索與智慧發掘之旅。

廚房宛如整飭完善的精密工廠一般寬敞，從東側窗戶照射進來的陽光讓廚房看起來分外明亮。打理得閃閃發亮的L型不鏽鋼流理台、瓦斯爐、烤箱，還有冰箱，全是德國製品。廚房中央還有一座大調理台，光滑的大理石鏡面讓人不禁想將臉頰貼上去磨蹭一番。

舉凡廚房的一切，不論是毫不起眼的抽屜、開關，乃至於一瓶調味料，都薰染著米田婆婆的意志。廚房的擺設不單是「窗明几淨」四個字就能形容，米田婆婆長年製作料理所留下的歲月痕跡造就了廚房的獨特秩序。最有力的證據，就是散落在調理台上的抽獎明信片（寄送抽獎明信片幾乎可說是米田婆婆唯一的興趣），還有冰箱旁邊沒有收拾好的煉乳罐（相當拘泥禮節的米田婆婆也抵擋不了偷嚐一口美味煉乳的誘惑）。

這些日常的瑣碎風景，使廚房更加舒適寫意。我和米娜在廚房靠著自己的雙手，專心致志地在單純的步驟中灌注創意巧思，學習感激孕育食材的大地，並體會

注：日本瀨戶內海沿岸地帶的鄉土料理，以醬油、砂糖、甜酒、生薑熬製而成的小魚干。

製作一盤料理的喜悅。

「好了，接下來請精準地拿捏火候與分量。水溫要控制在四十度，加入二又三分之一小匙酵母、一小匙砂糖。」

米田婆婆下達了明確的指示。米娜手持溫度計，我拿著計量湯匙，緊張地斟酌酵母與砂糖的分量。將酵母倒入溫水、觀察冒出的泡泡是製作麵包的第一個難關。沙粒般細小的酵母粉無須任何加工，就能讓砂糖像得到養分一樣，在水裡不停蠢動。我和米娜一邊聞著蒸騰的微酸味、臉貼近大碗，興味盎然地看著碗裡神奇的變化。

擅長煮飯做菜的人常會仗恃自身的經驗，用目測的方式決定食材與添加物的分量。然而米田婆婆卻不一樣，她的腦海裡記滿了各式各樣的菜單，並且忠實執行菜單上所教導的完美比例。

「因為世界上的一切都是依照黃金比例所組成的，金字塔會這麼堅固也是遵照黃金比例建造的緣故。所以不怕麻煩、嚴守比例才能做出美味的料理。」

這是米田婆婆自成一派的理論。

在我們撒入高筋麵粉、混合所有材料時，米田婆婆完全沒有出手幫忙。她只是兩手插在圍裙的口袋裡，偶爾夾雜幾句「不行不行，要再慢一點」或是「啊，就是這樣」等等的建議。

到了製作麵包的第二個難關，也就是準備進入揉麵團的階段，米娜忽然變得幹勁十足。身體孱弱的米娜在揉麵團時發揮了令人難以置信的威力。

「好，要開始了喔。嘿！哈！喝！」

米娜發出獨特的吆喝，踮起腳尖，身體靠向調理台，拿起麵團就往大理石猛砸，絲毫不在意四處飛舞的粉末會沾上頭髮，只是一個勁地用拳頭搥打、使力猛拉、把麵團拋到空中畫半圓再往大理石上摔。進行到一半，米娜的呼吸因為劇烈運動變得急促起來。為了避免她氣喘病發作，米田婆婆讓我代替米娜的位置。可惜，不管我再怎麼拚命，始終沒有米娜來得豪邁，最後米田婆婆只說了一句「朋子小姐，揉麵團可不能這麼斯文啊」，然後立刻再換米娜上場。米娜完全沉醉在盡情撒野的快樂裡。

揉完麵團後，我們將麵團放在光線浴室裡發酵。橙色的光線不止對體質虛弱的兒童有益，似乎對於酵母菌的活化也大有助益。一瞬間，麵團在碗裡逐漸膨脹起來。為了確認麵團已充分發酵，我們用食指在麵團的中央戳了小洞，膨脹的麵團彷彿為了證明自己擁有生命一般，兀自害羞地顫抖。米田婆婆、我，還有米娜，三個人的指痕很要好似地排列在一起，再也沒有膨脹復原，這意謂著麵團已經發酵完畢了。

接下來只要分頭將十八等分的麵團搓揉成球，再以菜刀畫上十字紋路，然後把處理好的麵團放進烤箱、調整好烘焙的時間，就只剩下最後的步驟：等待麵包烤好的香味。我們洗淨髒汙的碗杓、用抹布清潔地板，等待麵包出爐的那一刻。

就在我和米娜觀察麵包有沒有烤焦時，聽到了汽車停下來的聲音，以及卸貨口響起的門鈴。出現在廚房的，是每週從工廠配送「FRESSY」來家裡的送貨小哥。

「打擾了。」

那個人身穿印有「FRESSY」標誌的工作服、頭上戴著棒球帽，體格黝黑而結實。

「麻煩你了。」

送貨小哥看起來與米田婆婆相當熟稔。他打開廚房地板下的收納庫，將裝滿空瓶的箱子拿出來，再放入一箱新的「FRESSY」。

儘管身材高大，動作卻相當靈敏，絲毫沒有造成我們的不便，不管是空箱子或是裝滿「FRESSY」的新箱子都同樣舉重若輕。

「正好，我們剛烤好了一些麵包，你帶幾個回去吧。」

米田婆婆開口時，廚房正好瀰漫著麵包出爐的香味，令人無法相信那是靠我們小巧的雙手孕育出來的絕妙香味。

「米娜，拿那邊的紙袋裝三、四塊麵包給他吧。」

米娜遵照米田婆婆的吩咐，將剛出爐的熱呼呼麵包裝進紙袋裡，拿給站在卸貨口的青年。從米娜雙手間蒸騰而上的水蒸氣看起來就像遮掩臉龐的面紗一樣。

「謝謝。」表情彷彿淹沒在水蒸氣裡的青年向米娜道謝。

「不會。」

端莊賢淑的語氣，讓人無法和剛才對麵團施暴的少女聯想在一起。為了保持良好形象，米娜一邊回話、一邊拍掉頭髮上的麵粉。

就在青年即將離去時，我瞥見他從口袋裡拿出什麼東西來交給米娜，那個動作就像兩個人共通的暗號一般，轉瞬間就完成了。

交給米娜的東西，就是火柴盒。

這時候，我才想起了一件重要的事情。原來，今天就是「星期三」。

19

其實只要稍微思考一下，應該就能更早發現一個問題：米娜藏在床底下、為數眾多的火柴盒究竟是如何收集來的？米娜除了騎乘小豆子上下學之外，幾乎不曾外出。不止如此，包含我在內，家裡的小孩都不准攜帶現金，因此拿著零用錢跑去蘆屋川車站前的山手商店街買點心或文具是絕對不可能的事情，更別提賣火柴的雜貨店，那根本就與我們完全無緣。

那麼，那些火柴盒到底從何而來？答案就是每個星期三配送「FRESSY」的青年。配送青年負責蘆屋到西宮的配貨路線，每天運送滿滿一卡車的「FRESSY」到超市、居酒屋、食堂、喫茶店、飯店等處配貨。每當在配送地點的後門看到珍奇的火柴盒，就會拜託老闆給他，然後拿來送給米娜。

也許，讓米娜開始收集火柴盒的契機就是星期三的配送青年。或許就在米娜偶然撿到配送青年掉落的火柴盒、受火柴盒標籤吸引的那一刻，兩人間的祕密互動於焉開始。

「下次要是看到有趣的標籤，我再拿來給妳。」說不定配送青年說過這樣的話。每到星期三下午，米娜一定找理由去廚房，然後在配送青年處理完工作、準備上車前拿到新的火柴盒。總之，所有的一切都在卸貨口進行。

「也不見得每個星期都有新的火柴盒就是了。」

關於星期三的配送青年，米娜並沒有多做解釋，唯有對火柴盒的收集狀況據實以告。

「量產的火柴盒太普遍，而且圖案不有趣。明治、大正時期的古老貨色，或是外銷產品之類的稀有火柴盒，我特別喜歡。」

「配送青年還真是辛苦啊。」

「有時好幾個星期都沒有收穫，也有時一次拿到三個，各種情況都有。最近配貨的客戶還會特地為了『星期三的配送青年』留下一些稀有的火柴盒。」

「這樣啊。」

他和套頭毛衣男是完全不同的類型。外表看起來溫良有禮，個性卻內向怕生。工作沉默寡言卻粗獷不羈，比起白色套頭毛衣，骯髒的工作服和運動鞋感覺與他的身體更加契合。一想到這樣的他手裡拿著蒸氣弄濕的紙袋、嘴裡塞滿烤麵包的模樣，不知怎地，我總覺那樣的吃相和他非常相稱。

每當星期三的配送青年把火柴盒交給米娜，然後坐上卡車、頭也不回地離開，米娜總會在夕陽餘暉下的卸貨口待上好一陣子。米田婆婆則開始忙於準備晚飯，沒時間搭理我們。米娜總是在掌心仔細確認過觸感，再將新火柴盒揣進裙子的口袋裡。

七月，因為接二連三的低氣壓和連日陰雨的緣故，米娜住院了。這次同樣是在半夜發作，由小林先生開車將米娜送往醫院。唯一不同的是，米娜沒辦法隔天早上就回來，必須住院觀察一陣子。

不過對蘆屋家的每一個成員來說，似乎並不是什麼值得大驚小怪的緊急事故。除了每天早上阿姨把換洗衣物、盥洗用具等住院必需品放進包包，然後到醫院照顧米娜以外，生活的節奏並沒有什麼顯著的改變。

期末考結束的那一天，我中午放學回家後，請要送便當到醫院的小林先生載我一起去醫院。米田婆婆特地為了食慾不振、吃不下醫院膳食的米娜還有在醫院看護的阿姨做了便當，由小林先生每日數次往返醫院送給她們。

從家裡到位於神戶東灘區的甲南醫院，約莫二十分鐘的車程。下了六甲山沿國道往西走，到御影一帶再朝山區北上，山路坡道幾乎和蘆屋的一樣陡峭。中途，車子經過水池後繼續往山裡前進。

小卡車乘坐起來自然比不上姨丈的賓士來得舒適，可是小林先生的駕駛技術卻讓乘坐的人感到無比安心。大概是米娜發病時常搭乘的緣故，小林先生操控方向盤的技術就像抱著小貓般輕巧。

一路上，小林先生始終保持沉默。他的樣子看來並非心情不好，純粹是不知道該和我這個年紀的小孩說些什麼才好。

「考試考得怎麼樣啊？」小林先生只說了這麼一句話。

「還可以啦。」

經過以石材堆砌而成的門柱，便是米黃色的磁磚外牆，建築四周環繞著高大挺拔的長青樹，是一家散發出穩重氛圍的醫院。玄關大廳的天花板裝飾鮮豔亮麗的彩色玻璃，候診室雖然正對著中庭，但濃密的樹蔭使得日照並不充足。

出電梯後左轉，通過陰暗的走廊就是米娜的病房。米娜看起來毫無生氣，全身裹在毛毯裡，彷彿竭盡全力才能轉過頭來看我們一眼。儘管氣喘症狀已經平息下來，但是高燒始終不退，頭底下還放著冰枕；阿姨則坐在病床旁邊的長椅上休息。

「天天麻煩你真是不好意思。」阿姨說著，從小林先生的手裡接過便當盒，然後看著我。

「朋子，期末考考得如何啊？」

看樣子大家似乎都很關心我的期末考。我除了「嗯，還可以」之外，什麼話也答不出來。

米田婆婆親手做的便當十分精緻。便當盒裡有夾餡麵包捲、蘋果沙拉，還有鳳梨果凍。夾餡麵包捲的餡料包含火腿、起司、鮪魚、煎蛋和草莓果醬，還切成能夠一口吃掉的大小，包在各種顏色的玻璃紙內。蘋果沙拉裝盛在印有可愛花紋的紙杯裡，鳳梨果凍則精心地做成星星的形狀。這一切都是為了讓米娜多少能夠增進食慾的精心考量。

「我去把牛奶溫一溫。」

阿姨從床腳邊的冰箱裡拿出牛奶瓶，連同鍋子一起拿到走廊的茶水間，我趁這個機會對小林先生開口：「不好意思，我的手提包忘在副駕駛座位上了，可以把鑰匙借給我嗎？」

「啊，沒關係。伯伯去拿就好。」

小林先生果然如我所預料的一般，離開房間前往停車場。

確認四下無人後，我把辛苦送來的火柴盒交給米娜，那是本週星期三的配送青年託付給我的火柴盒。

「來，給妳。」

我把火柴盒放到米娜的枕頭旁邊。只是稍微碰到她的手，就能確實感受到高燒的體溫。那樣的繪畫究竟適不適合拿來當探病的伴手禮還是個問題：火柴盒標籤的圖案是個裸體的天使傍著裁縫箱整理凌亂的翅膀。米娜睜開濕潤紅腫的眼睛，注視著火柴盒向我道謝。她的聲音就像被喉嚨裡的風吹聲給蓋過似的，非常微弱。

從病房的窗戶可以看到神戶的街道和海平面上的油輪，可惜遙遠的光線無法照進病房裡，使得米娜的表情暗淡極了。

「星期三的配送青年很擔心妳喔，還說會祈禱妳早日康復呢。」

實際上配送青年只是嘟囔著「原來她住院了啊」之類的話。不過我聽得出來，他的聲音裡夾雜著祈禱米娜早日康復的心情，所以我並沒有說謊。米娜就像平常一樣，撫摸著整理翅膀的天使，將火柴盒收進睡衣的口袋裡。

回去時，小林先生請我喝了果汁牛奶。大概是因為病房太悶熱的關係，喉嚨一直覺得乾渴不已。買好牛奶，我和小林先生就站在販賣部外面的走廊喝了起來。小林先生喝的是咖啡牛奶。

「偶爾也會想喝一點『FRESSY』以外的飲料呢。」我說。

「嗯，也、也是啦……」

小林先生瓶不離口，喉頭發出曖昧的聲音，又喝了一口咖啡牛奶。

我望向中庭，天空不知何時下起了雨，傾盆大雨敲打著醫院的逃生口、風扇、通往地下室的坡道，以及棕櫚樹。我和小林先生一起眺望著雨景，默默喝著水果和咖啡口味的牛奶。

20

米娜不在的夜晚感覺特別漫長。洗完澡後，我走進米娜的房間，從床底下拿出一個火柴盒之匣，品味其中的故事。倚靠在南面的窗邊，在微弱的亮光底下一窺深藏其中的世界。對我而言，這樣的行為和祈禱米娜早日歸來有相同的意義。

匣子安然躺在我的掌心裡，火柴棒的低鳴聲響起，彷彿月光倒影在波動的水面上搖曳一般。

那一天晚上，我打開的大概是從羅莎奶奶那裡拿到的美容香皂盒，裡頭的火柴盒標籤畫著兩隻海馬坐在新月上。

「喂，感覺好像愈來愈恐怖了。」一隻海馬害怕地說。

「別怕，沒問題的。」

另一隻海馬鼓勵膽小的海馬。高掛天空的新月變得愈來愈細，好像快要消失一樣，兩隻海馬只好將身子縮在一起，免得掉下去。

「要是新月繼續消失，我們都會摔死的。」

「你看，那裡有一顆藍色的星星對吧？萬一新月真的消失了，我們就跳到那裡去吧。」

「我們要去那麼遙遠的小星星嗎？」

「那裡一定是很棒的地方。」

「你怎麼知道呢？」

「因為看起來圓圓的，很圓滿的樣子啊。」

「可是如果我和你失散了怎麼辦？」

「不然把尾巴捲在一起吧，這樣就不會分開了。」

兩隻海馬將尾巴捲了個扎實，幾乎分不出哪一個才是自己的尾巴，看起來就像糾纏不清的毛線一樣。

「這樣就不用擔心了。」

「當然。」

兩隻海馬相視而笑，卻因為尾巴糾纏在一起，重心不穩，差點就從新月上掉下去，其中一隻海馬趕緊用角撐住同伴的下巴。就在這時候，新月就快要消失了。

「好想多待一會兒呢。」

「我也是。」

「只待了三十億光年就要離開了。」

「那顆藍色的星星一定還有很多時間。」

「要真是這樣就好了。」一隻海馬嘆息道。

終於，新月消失的時刻來臨了。月亮漸漸成了一條細紋，最終成了一點星光。

「準備好了嗎？」

「嗯。」

兩隻海馬的尾巴卯足了勁，深深吸了一口氣，跳向黑暗中遙遠的一點藍光。

儘管用盡了所有的力氣跳躍，兩隻海馬仍然像枯葉飄落般掉了下去。原本結結實實交纏在一起的尾巴在黑暗中描繪出曲線，一聲不響地鬆了開來。

自己究竟從哪裡來？曾經和誰在一起？海馬漂浮在大海裡一無所知。就連自己到底為了什麼目的來到這裡也想不起來，徒留長長的尾巴在身上。偶爾被鱔魚衝撞，或是被貝殼夾住時，慌張的海馬雖然想跑，但終究只能像枯葉一樣緩緩漂流。

為了能在更近的距離仰望天空的月亮，海馬的腦袋經常望向頭頂的方向。牠喜歡漂浮在海面上眺望月亮的光芒，彷彿這樣做，就能喚醒很久以前自己還沒誕生時所見識過的景象。曾經說過的話、身旁有人陪伴的記憶，似乎都在月光的照耀下，如同烤墨紙的字跡一般浮現出來。特別是新月當空的夜晚。

可是，海馬依然什麼也想不起來，只能永遠孤單地在海中漂流。

我闔上美容香皂的匣子。庭園裡一片漆黑，看不到小豆子的池塘、迷你列車的鐵路、從前的售票亭，唯見懸掛天空的一輪新月。

我總覺得，在醫院病床上熟睡的米娜就像火柴盒一樣，靜靜躺在我手心裡，同時，她又像身處皎潔的明月般遙不可及。騎小豆子上學、吃奶饅頭、告訴我蹺蹺象的故事，統統都是在距離這裡三十億光年的世界所發生的事情。

我將海馬的故事放回床下，謹慎地保持其他匣子堆疊的形狀，悄悄放回原處。

除了我之外，其他人也以各自的方法度過漫長的夜晚。羅莎奶奶心無旁騖地塗抹保養乳液和指甲油；米田婆婆處理完家務後，就在廚房的調理台寫上一張又一張抽獎明信片。

阿姨則待在吸菸室裡。套一句米娜的說法，「那是媽媽瞞著奶奶偷喝酒的房間」。吸菸室位於一樓會客室的北邊，本來似乎是為了和客人一起吞雲吐霧才設立的。光是為了這個目的，天花板的浮雕，還有固定在牆上的書櫃擺飾，每一樣都是匠心獨具的工藝傑作。唯一美中不足的就是室內難掩的菸味，讓吸菸室顯得相當寂寥而單調。

「期末考成績發回來了嗎？」阿姨問我。

「嗯，快了。」

我在阿姨面前的位子坐了下來。沙發前面的圓桌除了有酒和香菸以外，還有書本、雜誌、字典、筆記用具之類的東西。阿姨喝著威士忌，眼前的菸灰缸塞滿了菸蒂，身旁煙霧繚繞。在醫院看護時沒辦法盡情抽的菸，阿姨會在晚上一次抽個痛快。

阿姨即使喝再多酒看起來都不會醉。既不會發酒瘋，也完全不會臉紅，平常總在陽台角落或是吸菸室的沙發上，在不影響其他人的地方偷偷喝酒。

「在工作嗎？」我問阿姨。

「怎麼可能……」阿姨搖搖頭。「我只是在找誤植而已。」

「誤植？」

「嗯，就是印刷的錯誤。不管是書還是小冊子，總之就是把印刷品裡的錯誤給挑出來。」

「挑出來以後要做什麼呢？」

「……也、也沒有要做什麼。」

阿姨再度搖頭，將杯中的威士忌一飲而盡。

「好比這個，妳看。」

「民俗信仰——混沌與受難」，書背印著這樣的書名。

「天啊，看起來好無聊的書。」

「無不無聊不是重點，重點是誤植。妳看，就在這裡。三一九頁，尼僧(注)變成了屄僧。」

「啊，真的耶。『……在這樣的情況下，唯有屄僧一人語出真理』。」

「屄股僧侶能夠說出什麼樣的真理，我還真想聽聽。」阿姨說完以後發出會心一笑，繼續往玻璃杯裡放入新的冰塊和威士忌。

「這一部則是以威尼斯為舞台的古裝浪漫愛情小說。在一一六頁，『……我不想在這樣的狂態下與你見面。一切都已經太遲了』。」

「狀態變成了狂態呢。」

「看樣子，這個女主角似乎被逼到快發瘋了呢。」

尻僧和狂態都以鉛筆圈了起來，那一頁還夾著書籤。

「要怎麼樣才能發現呢？」

「也沒有什麼特別的方法，只是每個字都要用心體會而已。」

「有沒有可能一本很厚的書找了好幾天，結果一個誤植也沒有？」

「當然有嘍，誤植可不是這麼常有的。就跟挖寶石是相同的道理。」實在是令我嘆服的回答。阿姨搖晃著玻璃杯，杯子裡的冰塊叮噹作響。

「不過，也有那種完全稱不上稀有寶石的低劣誤植喔。」阿姨說著，拿出了姨丈公司的宣傳雜誌。第一頁就是姨丈坐在社長室裡的照片。

「這邊，在爸爸的開場白裡，清涼飲料變成了清潔飲料。感覺好像變成了很難喝的飲料一樣。」

阿姨輕咳了一下，喝了一口威士忌，繼續叼著香菸。姨丈的照片沾上了香菸的菸灰以及玻璃杯的水滴。

回自己房間的途中，我瞄了一眼姨丈的書房。書桌上又有了兩、三個壞掉的待修品。

注：出家女眾。

21

敬啟者

眼見貴社發展日益蓬勃，在下不勝欣喜。

冒昧來信，還請見諒。本人素來喜讀貴社發行之書報刊物，為貴社忠實讀者。

另，當代思想史系列作第十三卷《民俗信仰——混沌與受難》內容之充實，實令在下拜讀後受益匪淺，饒富興味。

在下才疏學淺，唯發現一處誤植如下，不揣淺陋，特在此指正。

至於誤植如何處理，悉聽貴社發落。

三一九頁、十四行、第二十八字

尻僧↓尼僧

盼望爾後亦能拜讀貴社教化深遠、格調高雅之刊物，在下衷心祈求貴社發展蒸蒸日上。

敬上

每當阿姨發現誤植，就會寫信寄給出版社。基本上很少有回信，大多數的情況是石沉大海。不過偶爾也會有禮數周到的出版社寄來道歉或感謝的信函，有時還會附上書籤、書套或是鋼筆之類的禮品當作答謝。

「姨丈的公司都沒有回信嗎？」

我想起了姨丈在宣傳雜誌上的開場白，「清涼飲料」變成了「清潔飲料」。

「沒有。」阿姨意興闌珊地回答。「為了避免身分曝光，我還用了米田婆婆的名字呢。這件事不可以告訴米田婆婆喔。」

直接告訴姨丈不就好了嗎？儘管我心裡這麼想，嘴裡卻沒說出來。

「重要的商品名稱搞錯也不處理，甚至連送一瓶『FRESSY』表達歉意都不肯，真沒禮貌。」阿姨一臉無可奈何的表情，聳聳肩。

當然，我並不認為阿姨尋找誤植是為了禮品，或是因為個性一絲不苟、不容許一點錯誤的緣故。

阿姨只是漫遊在文字的沙漠裡，盡可能拯救任何一個埋藏在腳下的誤植罷了。用一句阿姨自己的話來講，那就像是埋沒在蒼茫沙海裡的寶石一樣。如果不把它發掘出來，誤植就會埋葬在時間長河的幽冥裡，在不受重視的情況下，被無情踏碎、任意遺棄。唯有這件事，阿姨無論如何都無法忍耐。

吸菸室，就如字面上的意思，是一間為了抽菸與喝酒而設立的房間，而另一方面，也是阿姨遊歷文字沙漠的場所。那裡是阿姨最常停留的地方，除了她以外，沒有其他人會到吸菸室。米娜禁止出入吸菸室自然不在話下，羅莎奶奶也不喜歡威士忌的味道。過去曾經放置進口香菸的抽屜裡也只剩下阿姨喜愛的國產香菸，證明了姨丈已經很長一段時間沒有在吸菸室招待客人。

只有我是唯一的例外。一旦阿姨窩在吸菸室裡，就會令我毫無來由地感到焦慮，想豎起耳朵偷聽門裡的動靜。也許是因為岡山的雙親從來不讓我喝酒的關係，害我對酒精抱持過剩的恐懼。然而無論我多麼專心，始終感覺不到門後傳來任何動靜，最後終於忍不住敲了吸菸室的門。

阿姨單手拿著削短的鉛筆，嘴裡不停吐著煙圈，彷彿用心淘選每一粒細沙似地鑒別書上的活字。就算被我打擾也不會露出困擾的表情，頂多只說一句「哎呀，是朋子啊」，然後馬上回到孤獨的作業裡，作業的對象有豪華的皮革精裝書，也有粗製濫造的廣告傳單。對阿姨來說，印刷物的高貴或低劣既不是重點，也與所謂自我目標的追求無涉，她所重視的僅止於腳下羅列的文字沙漠而已。

阿姨努力不懈地掬取書本裡的文字，從指間滑落的卻是一個個無可挑剔、正確無誤的字句。即使如此，她依舊毫不氣餒，低著頭繼續將兩手伸入沙堆裡面。她拱著背、放輕呼吸，連眨眼都忘得一乾二淨，聚精會神地注視著指尖的文字。

每次來到吸菸室，我總是裝作無所事事，純粹來打發時間的模樣，偶爾透過窗簾的縫隙眺望外面的風景，或是隨意翻看手中的字典。然而真正令我掛心的，是一個人漫遊沙漠的阿姨。沙漠遙遠無盡、綠洲虛幻不實，除了阿姨再也看不到其他旅人。

「啊。」終於，阿姨停下手邊的動作、抬起頭來。「妳看，這裡……」

我趕緊跑到阿姨身旁，念出她所指的地方。「……他用盡了所有的精靈，當場倒了下來……」

「應該是精力才對吧。」

阿姨用鉛筆將靈字圈起來。彷彿相當珍惜得來不易的誤植，或是撫慰徬徨無助的亡靈一般，圍上一個圓圈。

如果阿姨想要，真正的寶石要多少有多少，但阿姨所企求的，卻是名為「誤植」

的稀有寶石。能夠撫慰她的，不是那些讓自己看起來珠光寶氣的戒指或項鍊，而是被遺棄在茫茫字海裡的誤植。姨丈和米娜不在的夜晚，阿姨就會慎重地和誤植對談，宛如善待真正的寶石一樣。到了隔天早上，阿姨就會將迷路的文字裝入信封、投遞到郵筒裡，祈禱它們都能回到屬於自己的家。

就在隔天即將放暑假的某日午後，米娜終於出院了。儘管臉色比平常更加蒼白，手腕上還殘留著令人心疼的注射痕跡，但是一句「我回來了」卻招呼得鏗鏘有力、響徹玄關。羅莎奶奶雙手捧著米娜的臉頰不停親吻，米田婆婆彷彿在檢查米娜還有沒有不舒服一樣，將她的身體摸了個遍。米娜一邊扭動身體、一邊忍耐著搔癢的感覺。

還來不及在客廳的沙發稍事休息，大人就急著把我和米娜送進光線浴室裡。

「醫院裡都沒有光線浴室，住院，才是最需要光線的。所以住院很困擾，涼涼的呢。」

把門關上時，還能聽到羅莎奶奶對米田婆婆這般抱怨的聲音。蘆屋家的每一個人都深信，沒接受光線的療癒，治療就不算完成。

米娜就像往常一樣，拿著火柴將油燈點燃。如此大膽而又楚楚動人的手勢和住院前幾乎沒有分別，看到米娜的指尖燃起火焰的那一刻，我才總算真正感受到她回家的事實。標籤上的圖案是整理翅膀的天使，那是星期三的配送青年託我帶到醫院的火柴盒。

「這個火柴盒的故事寫好了嗎？」我看著天使的翅膀問道。

「嗯，我還在思考故事的架構。不過我拜託了護士小姐給我很多匣子喔，消炎用的安瓿(注)匣子大小剛剛好呢。」

米娜按下電燈的開關，調節計時器的按鈕。

「完成的話要借我看喔。」

「嗯，沒問題。」

「真期待這個星期三呢。」

「是嗎？」

「因為，說不定可以拿到新的火柴盒啊。而且，星期三的配送青年要是知道妳康復了，一定很高興。」

「是這樣嗎？」米娜爬上了床鋪。

注：盛裝藥劑的小型玻璃容器。

「當然啊。」

我特地這麼說想讓米娜高興，但是米娜對於這個話題不置可否，只是自顧自把奶饅頭放進嘴裡，再配上一口「FRESSY」，然後自言自語「啊，果然還是在家喝『FRESSY』最棒了」之類的話。

不知道住院時究竟發生了什麼事，米娜一出院就成了標準的排球迷。體育課幾乎只能作壁上觀的米娜，照理說應該和運動無緣才是，然而她卻能夠鉅細靡遺告訴我日本排球運動的強弱優劣。住院期間偶然觀看的電視節目似乎就是令米娜迷上排球的契機。

那是介紹日本男子排球隊以奧運奪金為目標的節目《邁向慕尼黑之路》。蘆屋家除了收看新聞之外，幾乎不看電視，小孩子基本上也是如此。但是在米娜出院以後，每到星期日晚上七點半，我們就會坐在電視前面收看《邁向慕尼黑之路》。

沉迷於排球的一九七二年夏天，就這麼揭開了序幕。

22

不多久，我也感染了米娜的排球熱，由松平康隆教練領軍的日本隊裡，最讓我感到熱血沸騰的就是森田淳悟——和大古、橫田並稱三巨頭(注)的攻擊手，背號8號。

「不管怎麼看，還是森田最帥了。」

「咦，朋子是看臉來決定喜歡的選手嗎？」米娜立刻質疑。

「長相帥氣能讓技巧看起來更漂亮啊。尤其是打出側旋發球的姿勢，真是帥呆了。像這樣重心下沉、右手蓄勢待發的時候，或是將球拋到半空中後注視著排球的眼神，還有擊球瞬間強而有力的背部……」

我邊說邊模仿側旋發球的姿勢，米娜則在旁邊說著「這裡手肘彎曲的話，威力會減半喔，膝蓋要再彎一點……」之類的建議來矯正我的基本動作。

注：一九七二年慕尼黑奧運排球金牌隊員，大古誠司、森田淳悟、橫田忠義。

只要和日本男子排球隊有關的事情，我和米娜都有無所不知、無所不曉的自信。選手的個人資料自然不在話下，舉凡祕密武器的訓練祕辛以至時間差攻擊戰術的模式統統瞭如指掌。當時，男子排球隊是以奪得慕尼黑奧運金牌為最終目標。

日本男子排球隊在一九六四年的東京奧運得到銅牌、六八年的墨西哥奧運拿到銀牌，唯一欠缺的就是金牌。松平教練召集了許多極富個人風格的選手，並且擬定全新的時間差和快攻戰術，期望能以快速而精密的球風擊敗擁有體格優勢的外國選手。

較諸三巨頭中理著樸素的小平頭、渾身是勁的大古，以及總是帶著一臉哭相殺球的橫田，森田屬於全方位的智慧型選手。旁分的髮型不管流下多少汗水也不失清爽感，仰望排球的表情更是精明剽悍，展現力量時也仍舊帶著知性的風采。就算下了球場站在圖書館的櫃台，也一定不會讓人覺得格格不入。就這一點來說，也許森田在某些方面和套頭毛衣男非常相似。

至於擄獲米娜芳心的選手，據說是百年難得一見的天才——深受松平教練信賴，肩負奪取金牌重任的舉球員、背號２號的貓田勝敏。不過米娜的情況和我不太一樣，森田選手對我而言是偶像歌手般憧憬的存在；米娜則是將排球當作戀愛的對象。會受到隊伍裡的王牌貓田所吸引，也是一種愛意的表現。

「為了拿下世界第一的頭銜，擁有世界第一的舉球員是絕對必要的，所以貓田才會負責托球。」米娜說道。

「貓田呀，時常左眼盯著球、右眼看著對方的阻攻手。就算隊伍得分，大家在場內開心地跑來跑去，他的視線也絕不會從對方球場上移開，反而把球場上所有事情統統記入腦海、瞬間擬定下一個攻擊策略。而且實際進攻的人並不是自己，是攻擊手喔，要是能由自己得分的話不知道有多痛快呢。不過，默默地負責托球就是舉球員的職責。」

別說是打排球，連球都沒摸過的米娜，宛如貓田的替身一樣，活靈活現地述說有關貓田的一切。

「每次貓田托球幫助隊友得分時，妳會不會覺得舉球員和攻擊手之間有一種無形的交流？兩個人的意志透過排球合而為一，聯手攻入對方的陣營。貓田的托球包含著對隊友的信賴，彷彿謙虛地將自己的願望託付給進攻的隊友一樣。」

說著，米娜開始模仿托球的動作。不管言語表達得多麼生動，體弱多病的米娜所模仿的貓田實在太過孱弱，那個樣子看起來頂多就是在盂蘭盆會（注）上所跳的舞

注：陰曆七月十五所舉辦的祭典。

蹈而已。

「嗯，我懂，像森田的一人時間差攻擊就很漂亮。完全沒有任何滯礙，彷彿劃過天邊的流星一般閃耀。對了，和米娜點燃火柴的時候很相似呢。就像隱藏在標籤裡的故事成為米娜指尖上的火焰一樣，貓田的願望也透過森田的右手爆發出來。」

我把牆壁當作球網，模擬著一人時間差的攻勢。跳躍的瞬間、鞋帶間或鬆脫的零點幾秒裡，森田編織出的一人時間差攻擊如同電光石火般欺騙了對方的阻攻手。這時，在跳躍力消失前殺球與否成了致勝的關鍵。然而米娜似乎無法接受我的看法，只是一股腦兒修正手腕揮舞的動作以及膝蓋彎曲的角度。

電視就擺在客廳角落的餐具櫃上。每到星期天晚上七點半，我和米娜就跪坐在電視機前的地毯上等待《邁向慕尼黑之路》播放。當然坐在沙發上也能看得很清楚，不過隨著氣氛愈來愈高張，身體逐漸因為興奮而變得僵硬，兩個人就會很自然地跪坐在地毯上。

透過忍受腳麻的痛苦，要是也能幫森田或貓田稍稍分擔一些練習的辛勞，那麼再痛苦我們也撐得下去。

不知道為什麼，連米田婆婆也在我們身旁跪坐下來，或許是在監視小孩子到底對什麼節目這麼熱中也不一定。羅莎奶奶雖然也坐在沙發上看電視，但是她真正感興趣的並不是排球，而是自己祖國的地名出現在節目的名稱上。

動畫《邁向慕尼黑之路》每一集都會以一位選手當作主角，描寫主角在日本隊裡如何成長、立志摘下金牌。偶爾節目中還會穿插真實的影像，那種前所未見的氣勢令我們愈來愈相信日本隊奪金有望。

「這個，就是用手玩的足球嘛。」

明明節目的名稱是《邁向慕尼黑之路》，但是幾乎完全沒有播出和德國有關的事情，羅莎奶奶對此似乎極為不滿。

「才不是呢。」米娜回答道。

「喔，只有這個人長得特別矮呢。」米田婆婆一直是個心直口快的人。

「這個人是松平教練，他是最了不起的人喔。而且不是他太矮，是身旁的人都長得太高了。」

「這樣啊，難怪看起來這麼跩的樣子……」

「沒有像足球一樣的球門，要怎麼算分？」

「球只要掉到對方的球場就得一分。」

「而且要在有發球權的時候才算喔。」

「發球權？」

「奶奶，規則我等一下再慢慢說給妳聽，現在先不要問這麼多，三言兩語很難解釋清楚的。」

雖然我和米娜都希望可以兩個人專心收看，但畢竟電視只有一台，也只好忍耐一下。

片頭曲悠揚響起，畫面上出現的紅白制服看得我們陶醉不已。縱然遍體鱗傷、皮破血流，仍然努力飛身截擊的姿態撼動人心；為了練習新技巧，一個人留在陰暗的體育館裡不停練習的模樣令人熱淚盈眶。

「米娜最喜歡的選手，是哪一個？」羅莎奶奶問道。

「2號。」

畫面剛好播到貓田反覆練習A快攻的托球動作。

「2號，一直都蹲低低的，好謙虛的人。」羅莎奶奶總算發表了適當的高見。

「奶奶說的一點也沒錯。就算不知道規則，只要看著2號，就可以了解排球是多麼美妙的運動喔。」

電視上，貓田配合攻擊手的身高，巧妙變換托球的位置。畫面一帶，又看到貓田抓住稍縱即逝的機會，精確操控排球的動向。米娜屏氣凝神，注視那雙彷彿十根指頭各自擁有靈魂的手。

「距離慕尼黑奧運還有27天」——節目最後，畫面出現這一行字幕時，我和米娜對看一眼，同時吐出深長的歎息。無論如何都希望日本隊能摘下金牌，畢竟費盡千辛萬苦，非得拿下金牌不可。拜託神明保佑日本隊，讓他們能在胸前掛上金牌，拜託……腦子裡一旦興起這樣的念頭，不知怎地，嘴裡吐露出來的卻只有歎息而已。

23

蘆屋的夏天彷彿從海面上長驅直入般驟然來到。就在梅雨結束時，陰沉晦暗的天空所吞噬的大海重新穿上鮮豔明快的彩衣；視野所及之處，盡是一望無際的水平線。陽光和海風在海面上舞動，帶著滿滿的海潮氣味，慢慢朝著山麓上升。當發現大海的氣息遠比昨天更為接近時，夏日正式宣告來訪。

「聽好嘍，排球場的面積是十八×九公尺的大小，所以從我們現在站著的地方算起，長度是到那裡的山楂樹、寬度則大約到庭園燈的距離為止。能夠想像一下嗎？」

坐在長椅上的羅莎奶奶和米田婆婆一同點頭。

「然後中央用網子隔開，一隊六個人展開對戰就是了。」

米娜約略指示了球場的大小，接著雙手盡全力高舉，強調網子的高度。

傾注而下的耀眼日光映照著草坪上的每一片花葉，折射的光芒幾乎覆蓋了庭園的一隅。宛如呼應晶亮的綠光，深濃的樹蔭在草坪上描繪出各種不同的形狀。似乎忍受不了暑氣的小豆子泡在水池裡，只露出腦袋，在水裡漫無目的地漂浮著。早晨時熱鬧無比的蟬鳴鳥叫此刻不知消失於何處，四周一片寧靜，只有我們的聲音響徹庭園。

「舉例來說，假設朋子是蘇聯隊、我是日本隊。比賽從發球開始，不管什麼時候都得先發球。所謂的發球呢，就是在上場後像這樣把球往上拋，接著打進蘇聯隊的場地裡。蘇聯隊必須在三次內擊球過網；相反地，如果球被打回來了，日本隊也得在三次內擊球過網。回擊時通常會先將對方的球攔截下來，由貓田負責將球托高，最後再由大古殺球。因為大古的殺球力道十分強勁，蘇聯隊沒辦法阻擋，球就會落地。這時候，擁有發球權的日本就拿下一分，比賽一局是十五分，先拿下三局的隊伍獲勝。」

米娜示範發球和截擊，一人分飾貓田和大古兩角。我的角色則是接球失敗、跌倒在地的蘇聯隊員。

在沒有網子也沒有球，甚至只有兩個人示範的情況下，要把規則解釋清楚其實並不容易，米娜卻講解得頭頭是道。為了讓兩個和排球無緣的老人家也能理解，米娜用簡單明瞭的字句完美描述出比賽的流程和細節。

兩位老人家認真傾聽。米田婆婆終於了解《邁向慕尼黑之路》並不是什麼不入流的節目，而羅莎奶奶對節目沒有出現慕尼黑的不滿也忘得一乾二淨。

「發球的人是誰決定的？」

「萬一第一次擊球就過網會怎樣呢？」

偶爾穿插的問題雖然相當基本，卻也著實指出排球運動的本質。羅莎奶奶穿著質地涼爽寬鬆的長褲，搭配黃色花紋罩衫；米田婆婆穿的則是顯瘦的麻質連身裙。兩個人頭上都戴著遮陽草帽，石桌上放置了銀色的冰桶，裡頭有四瓶冰鎮過的「FRESSY」。

「排球最關鍵的時刻，就是發球權不停交替但雙方遲遲未能得點的時候。每一局一定都會遇到這種僵持不下的局面，這種時候堅持下去的毅力是最重要的。堅忍地等待機會到來，縱使發球權交換了好幾百次，也要保持冷靜、不能貪功躁進。所以說，排球是一門比毅力與耐力的運動。」

「因此，舉球員不光是為了製造殺球機會而存在，他還必須成為全隊的精神支柱才行。」

「真不虧是朋子，說得真好。奶奶，這樣妳們記得日本隊的舉球員是誰了嗎？」

「貓田，背號2號。」就像之前晚筵上聽到的二重唱一樣，兩位老人家異口同聲地回答。

米娜額頭上的汗水閃閃發亮，一臉滿足地說：「沒錯，就是這樣。」

米娜和我幹勁十足地演練A、B快攻及時間差攻擊，並極力強調這些攻擊是多麼具有獨創性。太陽就在我們的頭頂，樹蔭的顏色變得愈來愈濃厚，兩隻嗅到甜味的蜜蜂在「FRESSY」上來回飛舞。

「朋子，快來這裡，這裡是蘇聯隊的場地。球回到日本隊這邊了，好，貓田托出了一顆和網子平行的快球，橫田跳了起來，做了一個假動作，愚蠢的蘇聯選手果然上當，朝預測的落點飛了出去。就在蘇聯隊防禦出現漏洞、網上門戶大開的瞬間，貓田的托球宛若靜止一般，於是，真正的攻擊手大古強力殺球！」

米娜既是貓田，也是橫田，就連大古的角色也包了。我則是蘇聯隊的隊員，也是被假動作騙過的笨蛋，只有演練一人時間差攻擊時才會成為森田。然而不管什麼情況下，貓田的角色永遠是米娜的。

「這樣了解了嗎？」

米娜解說時好幾次望向藤架，確認兩位老人家是否聽懂了。這時，兩位老人家的帽簷就會上下擺動、表示理解。唯獨小豆子無論如何都對時間差攻擊提不起勁，從池子上來之後抖抖身子、痛快地甩掉身上的水滴，然後鑽到假山的巢穴裡。

為了讓有老花眼的兩位老人家看得清楚，所有的動作都必須誇大才行，我們誇張地追逐著球、飛身跳躍、舞動手臂。特別是我還要在蘇聯與日本陣營中跑來跑去，真把我給累壞了。不知不覺間，兩人汗如雨下，米娜的襯衣貼著後背，濡濕的頭髮也黏在脖子上。

「下一個是D快攻喔。」

米娜的語氣，彷彿現在就是奧林匹克的冠軍爭奪戰。雙方二比二平手，比賽進行到第五局，兩隊比數十三比十四，由蘇聯隊發球的緊張局面。

「OK。」我回答道。

蘇聯隊的直線發球飛了過來。雖然接球的瞬間發生了變化，但日本隊總算把球接了下來。蘇聯隊的前鋒注視著貓田的眼神，遞補左邊的空檔。貓田壓低身子來到了球的下方，蘇聯隊在網前伸出了四隻手臂，打算擋下日本隊的殺球。就在這一瞬間，貓田反向朝著自己的後方托球。他的膝蓋如同柔韌的彈簧、背部形成一道拱形的弧線、十根手指朝攻擊手奉上無言的祈禱。看不見的球在看不到的網子上方，如同滑行般朝太陽翱翔而去，蘇聯隊的選手只能望球興嘆。承載著貓田祈禱的球沐浴在陽光底下，發出白色的光輝，藉著攻擊手的手掌，爆發出璀璨的光芒。

米娜、我、羅莎奶奶，還有米田婆婆，目光默默地追隨著進入蘇聯場地後、滾落在地上的球。裁判的哨音在庭園裡響起。

母親大人膝下：

您過得還好嗎？我現在過得很好，阿姨一家也和平常一樣。雖然米娜七月時住院了，但已經沒有大礙了，請不用擔心。

關於上學期的學業成績，阿姨說要連同信函一起寄到東京向您報告，所以請您到時再看阿姨的信。我遵照您的吩咐，每天都有收聽空中英語教學，因此只有英文成績讓我引以為傲。

對了，之前您說不論是文具、洋裝，只要是想要的東西就會幫我和米娜寄來。所以我想麻煩您，請幫我寄一顆排球過來。就是那種專門拿來打排球的白色皮球。史奴比的鉛筆盒或是摺邊長褲我都不需要，我只想要排球和米娜一起玩。不用買太貴的……還請原諒我任性的請求。

要是有多餘的零錢再打電話給我吧。那麼，祝您身體健康平安

朋子

把寫給母親的信投到附近的郵筒後，回到家時正好遇到郵差來送信。

「有令人開心的消息，保證感動到想哭的消息喔。」

羅莎奶奶丟下枴杖，將手中的航空郵件高高舉起。包含小林先生在內，從全員聚集在客廳的樣子就知道那是龍一表哥寄來的信。

「龍一，要回來了。八月的第一天，要從瑞士回來了。」

羅莎奶奶在信封上吻了好幾次，信封沾滿了口紅印。

24

八月一號，在瑞士留學的龍一表哥回到蘆屋來了。自從一年多前出國留學以來，這是他第一次回國探親。大家一大清早就顯得坐立難安，一直不停看著時鐘，等得望眼欲穿。就在夜晚的寧靜降臨、六甲山的山稜漸漸染上落日餘暉時，全家人的希望、羅莎奶奶的王子終於到家了。

姨丈也跟著一道回來了，許久不見的姨丈一點兒也沒變。不知姨丈是刻意配合兒子回國的時間回家，或是親自到東京的成田機場接機？明明平時都不在家，究竟是和誰、又是用什麼方式聯絡家中的大小事？雖然我的腦海裡浮現許多的疑問，但是在龍一表哥面前，這些問題都不重要了。

首先，羅莎奶奶來了一個熱情的擁抱、親吻著龍一表哥的臉龐，龍一表哥的臉頰就像信封一樣布滿了口紅印。他上半身微向前傾、為了避免妨礙奶奶的枴杖，雙臂溫柔地環抱著羅莎奶奶的後背，奶奶的身體完全包覆在龍一表哥的臂膀裡。

每一個人都用各自的方式表達團聚的欣喜之情。阿姨和小林先生表現出日本人慣有的害羞靦腆，米田婆婆則一臉泫然欲泣的模樣。米娜散發出前所未見的天真氣息，和兄長確認彼此是否安好。姨丈則站在一旁，一臉滿足地望著眾人。

「妳就是朋子吧。」這是龍一表哥對我說的第一句話。

「是，朋子。沒錯，我就是朋子。」

既沒有羅莎奶奶的熱情擁抱，也沒辦法像米娜一樣牽著他的手跳來跳去。在龍一表哥面前，我除了重複念著自己的名字以外，什麼也說不出來。

龍一表哥身上所擁有的美感，和姨丈、米娜的類型完全不同。姨丈和米娜的美如同晶瑩透亮的湖水；龍一表哥的美更加熱情洋溢、宛如大地一般雄健。事實上，他的頭髮和眼睛並不是棕色，而是沒有任何雜質的純黑色，看起來就像從地底深處挖掘出來的黑曜石。

身高雖比姨丈矮上一截，但是肩膀寬大、肌肉結實。類似學生制服的藏青色西服和領帶非常相稱。儘管從我無法想像的遙遠距離長途跋涉而來，臉上卻絲毫不見疲態，連西服都沒有一絲皺痕。

姨丈與龍一表哥的外觀體態並不相似，然而一旦兩人並肩而立，各自的魅力便會相互共鳴，形成一股閃耀的光芒照亮四周。即使各自分開也是十足顯眼，更別提兩人湊在一塊兒時，從頭髮、眼睛、身高，乃至於說話方式，所有相異的特色融合在一起所激發出的嶄新美感。就算外貌不同，這樣的事實便足以證明兩人間不容質疑的父子關係。

「感謝妳和米娜相處得這麼融洽。妳能來我們家，我也感到很高興喔。」

說著，龍一表哥伸出了他的右手。這樣的行為不論有多溫暖，我也很清楚不過是社交禮儀罷了，可我就是抑制不了自己洋洋得意的心情。能夠和這麼優秀的人握手，誰能冷靜得了呢？在新神戶車站第一次看到姨丈時，我的心情也雀躍不已，但姨丈畢竟是姨丈。龍一表哥就不同了，他不只是表哥，更是出類拔萃的青年才俊。

正當我準備伸出右手，輕握眼前黝黑粗壯的手掌時，在毫無心理準備的情況下，我突然發現自己犯了一個無法挽回的錯誤。我忘了穿胸罩。

自入學典禮後，胸罩的事情早已被我忘得一乾二淨，為何偏偏在這個重要的節骨眼上想起，連我自己也無法解釋。我的罩衫下只穿了一件白色襯衣，看到自己的平胸，讓我害羞得想死。我的腦袋被胸罩占據，既沒有露出可愛甜美的笑容，也沒有餘力編織出富含機智知性的會話，只能緊張得接不上氣。

等我回過神來時，和龍一表哥握手的珍貴瞬間就像一陣風，只留下些微的觸感，消失得無影無蹤。

我趕緊跑回房間，拉開衣櫃的抽屜，把入學典禮以來只穿過一次，之後便塞進角落的胸罩拿出來。也許是我的錯覺也不一定，我總覺得和春天時比起來，胸罩似乎比較合身一點了。我慎重地調整肩帶的長度，做了好幾個歡呼萬歲的動作，確保胸罩不會再跑到鎖骨的位置。

龍一表哥擁有許多米娜所沒有的資質。換言之，龍一表哥具備了健康、為數眾多的朋友，以及坐而言不如起而行的個性，就算不騎小豆子也能四處遊歷冒險。

龍一表哥的代步工具是一輛銀色捷豹，其敏捷與速度都是小豆子所無法比擬的。車子似乎是和高中同學商量，只在夏天借來使用，然而車頭前面的流線型銀豹標誌和他的形象非常匹配。

米娜喜歡纏著龍一表哥詢問有關瑞士的住宿生活，或是向他請教暑假作業，再不然就是邀他一起到光線浴室。米娜千方百計想要多增加一點和哥哥相處的時間，可惜大部分的嘗試都失敗了。為了充分享受短暫的假期，龍一表哥回國的隔天就精力充沛地東奔西走。偶爾撂下一句「抱歉，米娜，晚上再教妳寫功課」便一大清早開著捷豹出門，有時到了就寢時間都還不見人影。游泳學校的教練兼差、蘆屋公園的網球俱樂部、六甲山、三宮的電影院等等，總有去不完的地方等待著他。

沒辦法，米娜和我只好找小豆子一起玩，不時稱讚牠「比起什麼捷豹，還是妳最聰明了」，或是埋首於剪貼全日本排球隊的新聞和照片來打發時間。

難得龍一表哥中午在家時，通常都是和朋友在一起。大家看起來都像是禮數周到、教養良好的大學生，每一個人都會攜帶各自的樂器、唱片、書本或是照相機，當然其中不乏女性朋友，她們帶來的通常都是點心、糖果之類的東西。

「來，這是妹妹們的點心喔。」

這些女孩子都擁有令人印象良好的笑容，以及甜美可人的聲音。

就算她們拿來米娜的最愛、全蘆屋最好的甜點名店A製作的瑪德蓮蛋糕，她也不怎麼開心。就算米娜禮貌上回答「謝謝」，也依舊板著臉孔，聲音聽起來也稱不上甜美可人。這時候我也不會忘了補上一句：「我不是妹妹，是表妹。」

他們通常都在會客室聽唱片、在陽台打撲克牌，不然就是在庭園的樹蔭下發呆、徹底放鬆。歡笑聲中，龍一表哥永遠是眾人的焦點。

儘管大家對我和米娜都很友好，但那充其量只是哄小孩子的親切，根本不認為我和米娜是他們的伙伴。即使如此，為了想待在龍一表哥身旁，我們會選擇不妨礙到他的地方，繼續努力完成我們的剪貼簿。

「嗯，小豆子在睡午覺嗎？」向我們搭話的，是一位穿著白色連身裙，衣領與袖子都鑲著蕾絲的女子。

「妳從來沒有看過小豆子嗎？」米娜一手拿著剪刀，一邊說道。

「小時候來這裡玩過幾次，可是一直沒有機會看到。」

「妳是龍一表哥的同學嗎？」這次換我問道。

「是的，雖然我是女子組的，不過我們在高中都是西洋劍社的成員。」

她身上有很香的氣味，和奶饅頭或「FRESSY」的香味都不一樣，是香水的味道。

「中午通常都躲在巢穴裡面。妳看，在那裡，可以看得到牠的屁股。」米娜指著假山。「如果妳願意的話，我可以帶妳到近一點的地方。」

「那真是太好了，真的可以嗎？」

我們走出陽台來到庭園，朝假山前進。穿著蕾絲連身裙的女人躲在我們後頭慢慢靠近。小豆子的屁股還是一如往常肥滿圓潤，引人注目。

「一點也不可怕。」

「摸牠尾巴附近，牠會特別開心喔。」

「像這樣摸就對了。」

「像在畫圓一樣，在上面轉圈圈。」

我和米娜負責誘導，她照著我們的吩咐撫摸小豆子的屁股。果然，小豆子按照慣例，從她的手掌底下噴出了大便，而且還旋轉尾巴將大便甩向四面八方。

就在她發出尖叫聲的同時，純白蕾絲也遭到大便的洗禮。

「哎呀，真是糟糕。小豆子，這樣沒禮貌喔。妳還好嗎？」

雖然我們嘴上這樣安慰她，但是看到小豆子拉在她身上的屎，遠比之前和我打招呼的見面禮還要來得熱情奔放，不禁讓我在心裡偷偷地為小豆子大聲喝采。

25

自從龍一表哥回國後，我始終沒辦法好好安眠。每晚在浴室洗完唯一的一件胸罩，再將胸罩吊在日照充足的窗邊後，我就會鑽進被窩裡準備就寢。然而只要一想到龍一表哥也使用過這張床，就會讓我的身體緊繃、睡意全消。

「占用了你的房間真是不好意思。」

就在我表示歉意時，龍一表哥若無其事地說：「不用介意，反正還有這麼多空房間，況且這也不是我專用的寢室，因為家裡已經不需要我的兒童寢室了。」

難得能夠誕生在這麼富麗堂皇的宅邸，卻不能長久好好地享受這裡的舒適環境，實在讓人感到可惜。儘管如此，我和龍一表哥曾經共有一張床的事實不會有任何改變。這讓我的胸口悸動不已，難以入眠。

「今天大家一起到須磨海岸游泳吧。」星期日早上，姨丈對大家如此說道。「今天天氣這麼好，而且米娜的氣色看起來也不錯。對吧，米田婆婆？」

在這個家裡，只要能得到米田婆婆的支持，做什麼都很方便。

「龍一的兼差應該也放假了吧？」

只有對龍一表哥說話時，姨丈的語氣才會有微妙的變化，比起機智明快的語調，更能察覺身為父親的威嚴。

對了，打從放暑假以來，我還不曾去海邊游泳，因此我舉雙手贊成。米娜也很高興終於能有獨占哥哥的機會，龍一表哥雖然不用兼差，卻好像有什麼計畫似的，一臉興趣缺缺的模樣，但終究沒有反對這項提議。

於是大家趕緊做好出遊的準備。米田婆婆捏著飯糰、阿姨拿暈車藥讓米娜服用、羅莎奶奶從化妝台的抽屜裡拿出防曬用品。阿姨、羅莎奶奶，還有米田婆婆，三個人搭上姨丈的賓士轎車，米娜和我則坐上龍一表哥的捷豹。沒有任何人下達指示，大伙兒自然地分成了兩組。很遺憾地，只有小豆子留下來看家。

再也沒有比今天更適合游泳的舒適天氣了，天空萬里無雲，陽光普照。從蘆葦叢間隱約能看到蘆屋川的河水閃閃發光，六甲山鮮明的輪廓在天邊畫出一條稜線。只要沿著國道往西直行，就能直達須磨海岸，實在太方便了。

沿途賓士和捷豹保持著適當的距離一路奔馳。為了確認我們沒有跟丟，羅莎奶奶、米田婆婆以及阿姨三人總會依序回過頭來確認我們的位置。這時，我總會開心地揮手回應。難得全家人聚在一起，而且還能搭乘龍一表哥開的車子出遊，實在令人雀躍。

車子過了元町又前進了一會兒，海水的味道從敞開的車窗吹拂而來，越過松林就是遼闊的大海。

「米娜，妳看，是海耶。」我指著擋風玻璃前的一片蔚藍說道。然而米娜為了防止吸入汽車的廢氣，臉上戴著口罩不說，口罩外面還包了一條浴巾，加上還要對抗暈車的恐懼，根本無心欣賞四周的風景，就連回答也是含糊不清，根本聽不清楚。

「廢氣都是排在車子外面的，戴口罩根本沒意義啊，米娜。」龍一表哥一臉難以置信的表情。

「但是媽媽說有備無患嘛。」

米娜只有眼睛露出浴巾的模樣，看起來很像阿拉伯公主。

「媽媽還是一樣這麼愛操心啊。妳現在還是騎小豆子上下學嗎？走路比較健康啦，對吧？朋子。」

忽然向我徵詢意見，還真不知道該幫誰說話才好。「呃……也是啦，當然不只是為了身體健康啦。只是，也會有河馬到不了的地方嘛，所以啦……」就在我一個人嘟囔著模稜兩可的意見時，兩部車子已經抵達須磨海岸。

姨丈和龍一表哥分頭將後車箱的行李拿出來，在沙灘插上兩把海灘傘，將摺疊式海灘椅組裝起來。沙灘上到處都是三五成群的家族或情侶，熱鬧非凡。我和米娜早就將泳衣穿在洋裝底下，所以毋需去更衣室，只要把洋裝脫下來就好。就在我們準備衝向海邊時，當場被米田婆婆訓了一頓：「沒做好暖身運動不可以下水！」沒辦法，我們只好做做樣子，隨便暖暖身。

海水遠比想像中冰冷，海浪輕輕打到腳踝，就冷得我縮起身子、渾身發抖。儘管海面風平浪靜，浪濤聲卻意外地強而有力，腳底下滿是貝殼碎片尖銳的觸感。

旱鴨子米娜套著游泳圈在浪濤間載沉載浮，我一面游著蛙式、一面注意不讓她被沖到太遠的海面。「不要游去太遠的地方喔」、「累了就要趕快上岸啊」、「小心海裡的水母喲……」雖然看到愛操心的大人們在陽傘下對著我們揮手，但是海風吹散了他們的叮嚀，只能聽到斷斷續續的聲音而已。

羅莎奶奶和阿姨互相在背部塗抹防曬油，米田婆婆打開籃子，準備午飯的餐點，姨丈和龍一表哥一言不發，靜靜地眺望著大海。也許是海面的陽光反射太過耀眼的關係，總覺得大家的身影好像在很遙遠的地方，只有映照在沙灘上的影子益顯濃厚，輪廓彷彿被日光融解般模糊扭曲。海面上島嶼浮現、小漁船來來往往，還有海鷗群聚休憩。

「朋子，妳要好好陪在我身邊喔。我討厭被丟下的感覺。」米娜說道。

「嗯，我知道。」

為了讓米娜開心，我刻意旋轉游泳圈，還拿海草在她的肚子搔癢。雖然米娜笑得開懷，但雙手抓住游泳圈的力道卻不見放鬆。

泡在海水中的米娜，模樣遠比在光線浴室進行光療，甚至氣喘發作時都要來得虛弱。因為海裡既沒有火柴，也沒有火柴盒，更沒有小豆子。不論鎖骨、肋骨，還是背骨，皮包骨的細瘦身材乍然暴露在陽光下，感覺十分突兀。從寬鬆的泳衣下方伸展而出的雙腿、披散在後的棕色頭髮，在大海裡無助地隨波漂流。

「我們是不是被海浪帶到很遠的地方了？」

「放心，有我抓著妳。」

「我們真的回得去嗎？」

「當然啊，妳看大伙兒就在不遠的地方而已。」

「海浪亮晶晶的，看不太清楚耶。」

「妳想回去了嗎？」

「……沒有，在這裡多待一會兒吧。」

我們就像迷失的海馬一樣，漂流在浪濤上，遠離了海岸的塵囂，置身於大海發出的聲響。

上岸後，我小心翼翼地不讓沙子沾上濕潤的雙手，和大家一起享用飯糰。米娜為了避免著涼，將所有浴巾統統包在身上，再度成為阿拉伯公主的模樣。我也半斤八兩，為了不讓龍一表哥看到我的平胸，總是非常小心身體的姿勢和角度。

「朋子，游泳真拿手。」羅莎奶奶說著，伸手拿起了第三個飯糰。大概是塗抹太多防曬油的關係，奶奶連呼吸都有防曬油的味道。

「連排球也很厲害呢。」米田婆婆接著說。

這兩位老人家總是戴著同款的草帽。

「真厲害。朋子是參加排球社的嗎？」

汗水在還沒下水的龍一表哥背部發出晶亮的光澤。

「不、不是的。我只是在玩想像的排球而已啦。」

「朋子很擅長側旋發球和一人時間差攻擊喔。」埋在浴巾底下的米娜也來上一句。

「就算想像也是需要技巧的，可不是每個人都會呢。」姨丈稱讚別人的技巧還是一樣高竿。

儘管午餐只有飯糰和麥茶，可是就如同飯店的廚師來家裡張羅晚會時一樣，大家心情大好。這次多了龍一表哥，更增添了歡樂的氣息。裝滿整個籃子的鮭魚飯糰、梅子飯糰，還有魩仔魚飯糰，就在不知不覺間被大伙兒吃個精光。

唯獨姨丈和龍一表哥，似乎都在躲避對方的視線。大家都心知肚明，這也是龍一表哥一直眺望大海的原因，卻彼此心照不宣。

海面開始漲潮了。

「那麼……」龍一表哥站起身來，拍拍沙子，指著海面上遙遠的一點說道：「爸爸，我們來比賽，看看誰先游到那邊的浮標吧。」

26

米田婆婆還來不及叫兩人先暖身，姨丈和龍一表哥已經衝向大海。兩個人以象徵危險海域的浮標為終點，拉開自由式朝目的地筆直前進。從海面上激烈的浪花可以想見，這是一場超出我預期的勝負之爭。就連在大海裡悠閒泅水的人群都趕緊為他們讓出一條泳道。

在沙灘上的我們實在很難判斷這場比賽究竟誰占有優勢。濺起的浪花經過陽光的折射，使得兩人看起來就像閃閃發亮的光團，不管再怎麼凝神注視，始終很難分辨兩人的身影。充當終點的紅色浮標在浪濤間若隱若現，不規則地漂浮擺動。兩人拚命向前游，卻遲遲無法接近浮標。兩道金光在大海裡變得愈來愈渺小，終點依舊遙不可及。

「不行。」米娜忽然跑出陽傘底下，甩開身上的浴巾大叫。「不可以游到那麼遠的地方！」

周圍的遊客不明就裡地回頭看著我們。

「這樣下去會溺水的！」米娜絲毫不在意周遭的眼光，持續朝海面放聲大叫。「拜託你們快點回來吧！」

然而不論米娜再怎麼聲嘶力竭，終究傳不到兩人的耳裡。

「爸爸和龍一都很擅長游泳，不要緊的。」阿姨撫摸著米娜的背，安慰她。

「男人啊，就是喜歡競爭。結束了，很快就會回來的。」

「是啊，不用擔心啦。」

「進來陰涼的地方比較好喔。」

即使所有人一起安撫米娜也沒有用，她雙腳踩著浴巾、嘴唇顫抖呆立在沙灘上。她的背影，那個支撐著米娜運轉的迴路就像短路了一樣，毫無防備的模樣令人心疼。

「可是，游到那麼遠的地方，雙腿一定受不了的。海流會變得很湍急，而且萬一有鯊魚出沒該怎麼辦？爸爸和哥哥會回不來的。妳們看，除了閃亮的浪花，幾乎看不到他們了，就像快被海浪吞沒一樣……」

的確，兩個人的身影幾乎重疊在一起，消失在浪花翻湧的光芒裡。

米娜哭了，每眨一次眼，眼淚就撲簌簌流下因日晒而通紅的雙頰，那是一種自己也不知道原因、不知為何悲從中來的哭泣。

那是我第一次看到米娜哭泣，同時也是最後一次。我們曾經一同共度了好幾次足以令人落淚的情景，但是就連那樣的時刻，她也會強忍住淚水，不讓自己哭泣。唯一在我面前哭泣的一次，就是在盛夏八月的星期日，在沙灘上看著姨丈與龍一表哥競泳的那一刻。

姨丈與龍一表哥總算平安無事地回來了。這時，米娜的神態已恢復正常，坐在陽傘底下，若無其事地迎接兩人歸來，眼淚也幾乎全被陽光蒸發了。

兩人激烈喘息，濕透的身體卻是冰冷的，最後到底誰輸誰贏沒有人知道。姨丈沉沉地坐在海灘椅上，龍一表哥完全不在意身上沾滿沙子，直接躺在沙灘上休息。

「速度真快，像飛魚一樣呢。」

「是啊，真是了不起。」

對於羅莎奶奶和米田婆婆的稱讚，氣喘吁吁的兩個人只能「呼、呼」回應。他們碰到的浮標依然隨著海浪漂浮不定。

在上車前，大家一起到海邊的攤子吃刨冰。親切的老闆娘豪邁地刨了七碗刨冰，熟練的技巧讓人不禁聯想，如果米田婆婆也賣刨冰的話，一定也是如此豪爽吧。

羅莎奶奶點了草莓口味，姨丈與龍一表哥一同點了哈密瓜口味，阿姨點了雪綿冰，米娜點了鳳梨口味，我的則是葡萄口味，米田婆婆點的當然是她最喜歡的煉乳口味。

店門前，茅草屋簷下相當陰涼，我們各自坐在長椅上品嚐，店裡的冰櫃販賣的並不是「FRESSY」，而是競爭對手的飲料，然而大家似乎不以為意。草帽的緞帶以及屋簷下的燈籠不時在涼爽的海風吹拂下輕輕擺動。「哇嗚，好冰哪」，大家一邊說著、一邊壓著太陽穴，手裡的湯匙與玻璃碗的碰撞聲響此起彼落。

全家人都到齊了，六個人坐在略嫌狹窄的長椅上，肩並肩擠在一起。我一一環視每一個人，心裡感到一陣安穩。嗯，沒問題，一個也沒少。

阿姨既沒抽菸也沒喝酒，眼睛雖然盯著看板上的菜單，卻不再孤單地尋找誤植。米娜完全忘了自己方才還嚎啕大哭，吃得津津有味。羅莎奶奶和米田婆婆兩人要好地與彼此分享自己一半的刨冰。龍一表哥從遙遠的瑞士、遙遠的浮標，確實地回到了家人的身邊。姨丈同樣回到了家裡，陪在家人身旁，待在真正該駐足的地方，沒有獨自待在書房修理那些壞掉的東西。

小豆子現在大概熱到受不了，正躲在樹蔭底下睡午覺吧。放假的小林先生從照顧小豆子和帶米娜看病的工作中獲得解放，現在應該也很悠哉才對。

至於我呢？不用擔心，母親的住址和電話號碼，我都背得出來。至於父親的居所，每到忌日的時候母親自然會告訴我。雖然父親離我們有點遠，但總有一天我們也一定會去到那裡，所以不用擔心會和父親失散。畢竟父親是那麼溫柔體貼，我想他一定只是先去為我們探路而已。

大家開懷大笑，露出嘴裡染成紅色、黃色、還有紫色的舌頭。姨丈和龍一表哥都是哈密瓜的黃綠色。都到齊了，一個也沒有少。再一次，我的心裡重複著這句話，胸口充滿了安穩的氣息，和融化在碗底的刨冰攪拌在一起。

龍一表哥的暑假很快就要結束了。出發前往瑞士的那一天早上，姨丈請來攝影師在庭院拍攝紀念照。草皮上放置羅莎奶奶和米田婆婆專用的椅子，大伙兒決定圍繞在兩位老人家身旁拍照。

唯一的問題是小豆子。為了拍照，小林先生特地幫牠洗了個澡，脖子還打上了和米娜相同的珍藏緞帶。碎花緞帶是龍一表哥從瑞士帶回來的。遺憾的是，難得的可愛圖案幾乎大半都埋在小豆子鬆弛的皺摺裡。

從小林先生開始，每一個人都試圖讓小豆子能夠面向正前方。

「來，小乖乖，看那個黑色的箱子喔。」

「等結束以後，不管是蘋果或是西瓜，只要是妳喜歡的都給妳吃。」

「對啊，稍微忍耐一下吧！加油，小豆子。」

龍一表哥像在哄小寶寶一樣，連拖帶哄，一邊撫摸著小豆子的屁股；小林先生雙手時而夾住小豆子的臉頰、時而拉拉脖子上的緞帶。在搞定小豆子的姿勢前，攝影師一臉「我會等你們的，請各位慢慢來，不必急」的溫和表情，預備按下手上的快門。要讓侏儒河馬乖乖拍照幾乎是不可能的任務，但是大家無論如何都希望小豆子能夠一起入鏡。

在這當兒，羅莎奶奶和米田婆婆彷彿隨時準備好拍照一般，始終挺直腰桿，兩手放在膝蓋上，下顎微縮看著鏡頭，辛苦保持著自己看起來最高貴典雅的表情。

「要拍了喔，三、二、一、來，笑一個。」

攝影師充滿活力地按下高舉過頭的快門。

那一天拍攝的照片，保存著我在蘆屋生活的珍貴回憶。時至今日，我也一直將這張照片當作寶物一般妥善收藏。雖然時日已久，姨丈和龍一表哥令人心醉的英俊風采沒有一絲褪去。阿姨露出淺淺的微笑，小林先生壓著小豆子的身體，長時間奮鬥的結果，綁在小豆子脖子上的緞帶也鬆開了。羅莎奶奶和米田婆婆如同雙胞胎般靠在一塊，米娜棕色的瞳孔彷彿看著鏡頭的另一端，某個遙遠的地方。大伙兒的身後，映照著我最喜歡的洋房。
每次看著照片，我總會小聲地告訴自己：全家人都到齊了。不用擔心，一個也沒有少。

27

「米娜就拜託妳了。」在我耳邊輕輕留下這句請託後，龍一表哥踏上了前往瑞士的旅途。那一句輕聲的請託，灌注著將米娜託付予我，而非姨丈、也不是家中耆老米田婆婆的意志。

抱持著深受龍一表哥信賴的喜悅，以及再也無法見面的惆悵，我默默地點頭允諾。

嗯，沒問題，請放心交給我吧，我會陪伴在米娜身旁的。雖然沒有任何根據，但是我多少感覺得出來，姨丈沒辦法每天陪伴在家人身邊，大概是因為他還有另一個歸宿。龍一表哥唯獨不寫信給姨丈，應該也和這件事情脫不了關係。龍一表哥一定認為，萬一米娜需要幫助時，姨丈也許沒辦法陪伴在她身邊、阿姨也許會喝醉，不過如果是我的話，無論何時都能成為米娜的好伙伴。因此我答應你，絕不會辜負你的請託，龍一表哥，就請你安心地完成大學的課業吧。

帶著這樣的心情，我默默地點頭允諾。

而姨丈也果真如我所預料的一樣，隨著龍一表哥踏上旅途的紛擾，再度失去了蹤影。

圖書館的套頭毛衣男、日本排球隊的森田選手、龍一表哥。每一個出現在我生命中的美男子，總是一次又一次令我感到興奮雀躍；相反地，米娜只是一心一意對星期三的配送青年抱持好感。說實話，身為外貌協會一員的我，實在不能理解他究竟好在哪裡。在我看來，星期三的配送青年不過就是隨處可見、平凡而靜默的勞動者罷了。

大概從出生以來，米娜就有美男子陪在身邊，所以對美的感受已經麻痺了吧。普通女人耗盡一生也無法企及的俊美，她在小學六年級就體會過了，因此對外貌的追求也就顯得不是那麼必要。

只不過，這一切應該和火柴盒有很大的關係。如果他只是單純配送「FRESSY」而沒有拿火柴盒來的話，情況也許會不一樣吧。

每當配送青年張開粗壯的手掌，米娜彷彿就像中了魔法一般，直愣愣盯著他握在掌中的火柴盒。說到底，他所做的就和我拿著書本到蘆屋市立圖書館一樣，不過就是個跑腿的而已。但是對米娜來說，配送青年就像是個搭乘魔法飛毯的旅人。一個能夠自由穿梭在蹺蹺象草原和海馬浮游星空的旅人，為了少女攜帶火柴盒當作特產禮，按下卸貨口門鈴。這個人，就是星期三的配送青年。

為了能夠讓米娜與配送青年獨處，每到星期三午後，我總會刻意遠離卸貨口。但畢竟肩負著龍一表哥的託付，因此我總會躲在原本「FRESSY」動物園的售票亭，做好一有需要隨時出動的架勢。只要稍微忍耐一下裡頭的蜘蛛網，就可以從半圓形的窗口往外偷看，稱得上是偷偷觀察兩人的絕佳場所。

然而我很快就領悟到，光是照看著兩人的一舉一動，事態也不會有任何進展。米娜在他面前只是個扭扭捏捏、陰沉沉的小女孩，配送青年也保持距離，態度相當冷淡。或許姨丈的公司禁止員工在工作中交談吧，看得出來配送青年相當顧忌，萬一違反規定，社長千金向社長打小報告，自己可要惹上麻煩。

因此，兩個人的接觸僅止於交遞火柴盒的瞬間而已。下一秒，配送青年已然坐上卡車的駕駛座揚長而去，徒留米娜目送著他的背影。

每次看著這幅景象，總會令我忍不住嘆氣，唉，真是太可惜了。

米娜，隨便說點什麼都好，試著和他說說話啊。妳愈努力，兩個人獨處的時間才會愈長，所以妳要加油啊，米娜。我躲在陰暗的售票亭裡，不停地幫米娜加油打氣。

那一天，我下定決心要幫米娜一把。我抱著母親剛從東京寄來的全新排球，做好準備。就在兩個人的接觸即將結束時，我將排球丟向兩個人的腳邊，從售票亭裡走了出來。

「啊，真是不好意思，手不小心滑了一下。」

按照原本的計畫，配送青年應該在這時候撿起排球，然後問我：「哎呀，妳喜歡排球嗎？」接著我回答他：「嗯，是啊，如果你願意的話，要和我們一起玩嗎？」本來應該是這樣才對。但是實際上，不論是配送青年還是米娜，都只是呆呆地佇立在原地。大概是我出場的方式太假了吧。儘管我反省著自己拙劣的出場方式，但事到如今已經沒辦法重來了。

「朋子，妳頭上有蜘蛛網……」米娜指著我說道。

「呃。」我趕緊伸手撥掉頭髮上的蜘蛛網。

米娜，蜘蛛網不重要啦，問他要不要一起玩排球啊。這個年輕人也真是的，竟然還要女孩子開口，怎麼會這麼遲鈍呢？

「最近每天都很熱啊。」我撥著頭髮，繼續向配送青年搭話，他依然像剛才一樣呆立原地，毫無反應。

卡車貨架上的「FRESSY」空瓶反射著夕陽的餘暉。

「如果你願意的話，要和我們一起玩排球嗎？」

雖然是照著計畫念出來的台詞，但是等到真的說出口，聽起來卻遠比我的出場方式還要白痴。

「米娜，沒問題吧？就讓大哥哥教我們玩嘛。」

我半強迫地將排球塞到配送青年手裡。明明只在地上滾了一下子，上面卻已經沾了泥土。

「嗯，我知道了。那麼要開始了喔。」

配送青年一臉「為什麼是我」的疑惑表情，忽地將球傳向我。我才剛說完話，還來不及準備好就馬上擺出了接球的姿勢，然而排球只在手上留下了「咕嚕」的噁心聲響，隨即飛往意料之外的方向。

「這次輪到妳了。」

看得出來傳給米娜的球已經相當手下留情了，不過對她而言還是太快。米娜的動作帶有貓田上手托球的味道，但實際上球卻直接從雙手上方穿越，徒留米娜的手指停在半空中，剛拿到手的火柴盒在口袋裡「咖沙咖沙」響。

最後經過幾番嘗試，米娜依舊碰不到球，我也只能滿場追著滾地球跑。就算在想像的世界裡能夠做到飛身接球和背後托球，不過在星期三的配送青年面前，所有的招數統統都不管用。

「那我先回工廠了。」

一句技術指導或鼓勵的話也沒有，配送青年就這樣搭上卡車走了。

那天夜裡，米娜在光線浴室朗讀〈整理翅膀的天使〉的火柴盒故事給我聽。火柴盒裝在消炎劑的安瓿匣子裡。

對於我的多管閒事，米娜並沒有生氣，反而為我的出師不利感到同情。最讓我驚訝的是，她的愛慕之情並沒有因此降溫。

身為一個天使，最重要的是什麼呢？這個問題大概沒有任何人知道吧。答案就是裁縫的技巧。優秀天使的縫紉技術，只會留下像蛞蝓爬過一般的細微痕跡。每一個天使都會背著自己的裁縫箱，我的裁縫箱是曾祖父傳給我的木製裁縫箱，裡面有很多小巧的隔間，使用起來非常稱手。

我們的使命正如「天使」這個名字一樣，是負責將上天的口信帶到地上的使者。因為我們常被搞混所以非常困擾，但我們和妖精是不一樣的。她們總是以冰雪、花朵，或是風的姿態現身，只要看到有形體的東西就會忍不住寄宿在上面。以我們看來，她們實在太缺乏耐性了。

和妖精相比，我們天使就內斂多了。對我們而言，真正重要的是口信，而不是姿態。儘管人類常常擅自想像我們的模樣，畫出了許多繪畫，但是沒有一幅是對的。因為從來沒有人看過我們的真面目，這也是沒辦法的事。

不過，唯獨長著翅膀這一點是對的。是的，我們是有翅膀的，而且我們得靠舞動翅膀來傳遞口信。

令人雀躍的口信、痛苦的口信、撫慰的口信。必須傳遞的口信有好多種。天使會降落在傳遞目標的耳朵旁邊，努力舞動翅膀。這並不是簡單的工作，因為偶爾會遇到特別遲鈍的人，或是風特別大的日子。就算翅膀受傷了也絕不輕言放棄，直到人們接收到口信，露出心領神會的表情。那表情有時是微笑、有時是嘆息、有時是擦拭眼角的淚水。

也許有人會覺得自己從來沒有收到上天傳來的口信，但是請您不用擔心，那只是您沒注意到而已。人人都能平等地接收到上天的口信。只不過偶爾會藉由別人的聲音讓您聆聽，或是以您的聲音在心裡發聲。不管經過多久，上天的口信都將守護著你。

當你聽到耳邊傳來吱吱細響，請不要粗魯搓揉耳朵。通常，這都是有天使在您耳垂邊整理翅膀的緣故。

28

八月二十六日，星期六。慕尼黑奧運終於開幕了。

那一天，我們實在很想收看NHK晚上十一點的開幕典禮現場轉播，但米田婆婆無論如何都不允許。

「晚上十一點還不睡覺的小孩子實在太不像話了。」

說是這樣說，其實米田婆婆是擔心熬夜對米娜的身體不好吧。沒辦法，我和米娜只好忍到隔天早上收看電視重播了。

自從《邁向慕尼黑之路》以來，我們的座位就已經排定了。換言之，羅莎奶奶坐在沙發的一隅，我和米娜還有米田婆婆三人則跪坐在電視機前面的地毯上。不管什麼樣的場合，一旦事關日本男子排球隊，我和米娜非得挺直腰桿跪坐不可。

我也邀請在吸菸室的阿姨和我們一起觀賞，畢竟，再也沒有比錯過四年一度的奧運更可惜的事了。

阿姨拿著德文字典坐在羅莎奶奶身旁。

「電子看板、告示板、標語牌、旗幟，說不定能找到誤植呢。」

儘管大家一致認為這麼盛大的開幕典禮不會有這種錯誤，不過阿姨似乎一點也不介意我們的看法。

「像這種大場面才有陷阱呢。奶奶，妳也幫我仔細看看喔，一找到誤植，我就馬上寫信給IOC（注一）的布倫達治主席（注二）。」

阿姨打開字典，以便隨時檢查字母拼法。

希臘、阿根廷、澳洲、孟加拉、伊索比亞、牙買加……許多國家的選手一一入場。我和米娜生硬地念著標語牌上的國家名稱，一旦遇到不會念的單字，羅莎奶奶便會馬上告訴我們。科威特、蒙古、波蘭、南越、索馬利亞、蘇聯……等國選手陸續登場，看起來就像從地平線的另一端蜂擁而出一樣，人數之多，令人擔心開幕典禮是否沒完沒了。每當看到那些拗口的名稱，阿姨就翻看手上的字典。

小豆子的故鄉利比亞也出場了。大家一看到瑞士選手出場，宛如隊伍裡面有龍一表哥的身影，紛紛探出身子看得入神。輪到東西德出場時，羅莎奶奶給予兩邊的掌聲同樣熱情。

注一：國際奧林匹克委員會。
注二：艾佛利・布倫達治（Avery Brundage），一九五二—七二年國際奧林匹克委員會主席。

「奶奶出生的故鄉是哪一邊啊?」

聽到我這麼問,羅莎奶奶搖著頭回答我:「哪邊都不是。我、就是德國,德國的柏林。在我嫁來日本時,德國被擅自分成兩邊了。」

雖然入場的順序、制服樣式,還有國旗都不一樣,然而對羅莎奶奶來說,兩邊都是血脈相連的祖國。奶奶的身體因為激動而前傾,浮腫的雙手高舉到額頭,就算德國選手的身影已經消失了好一會兒,依然持續幫自己祖國的選手拍手加油。

縱使羅莎奶奶那麼崇尚德國,讓我和米娜醉心的還是日本。一看到水藍色的標示牌上「JAPAN」的字樣,我們立刻激動地巴著電視,用不輸播報員的音量大喊「日本」。日本隊鮮豔的紅色外套在俯瞰的鏡頭下特別光彩奪目,當選手站到台上,我們都情不自禁地撫摸電視螢幕。

「排球選手都長得滿高的,應該站在前排才對。」

「妳看,南選手在這裡……」

「啊,那個一定是大古選手。」

「看不見森田耶。」

「咦,貓田呢?貓田在哪裡?」

就在我們慌忙尋找森田與貓田的身影時,日本隊的遊行很快地結束了。結果,我們終究沒有發現森田與貓田的身影，徒留螢幕上滿滿的指紋。

接著，海涅曼（注）總統發表開幕演說，天空釋放了五千隻象徵和平的白鴿，還有金髮青年點燃聖火台的火炬。比起米娜點燃火柴，聖火更加輕易地燃燒了起來。儀式最後以朗誦阿波羅神諭做為結束。

「四年一度，歡樂的競技盛會來臨，拋下爾等戰亂紛擾，賜予親愛友誼明證……」

雖然有播報員負責朗讀翻譯為日語的神諭，但是我們的注意力受羅莎奶奶以德文複誦的神諭所吸引。現在回想起來，那是我第一次聽羅莎奶奶說德文。

羅莎奶奶說德文時，和平常那個拄著枴杖、步履蹣跚，滿口生硬日文的奶奶簡直判若兩人。奶奶的語調威風凜凜，神色充滿自信的風采。就算我無法一一理解每個單字或文法，也能深刻感受她依然熟諳德文，那股流利而風雅的光彩彷彿五十六年間的空白根本不曾存在。即便現在沒有人能和奶奶用德文交談，但是只要打開記憶的門扉，奶奶隨時能夠喚醒深藏心中的流利詞藻。如同高歌自己心繫祖國的心情，羅莎奶奶看著電視裡的德國說出故鄉的語言。

注：古斯塔夫・海涅曼（Gustav Walter Heinemann, 1899-1976），一九六九—七四年德意志聯邦共和國總統。

「真是好看呢。」開幕典禮結束後，米田婆婆對著電視雙手合十。阿姨因為沒找到誤植，一臉失望地闔上字典，我和米娜一想到明天起日本隊就要踏上通往冠軍的荊棘之路，不禁興奮得渾身發抖。

我領悟到，就算想讓星期三的配送青年教我們玩排球，也得要我們有資格讓人家教才行。為此，我們展開了祕密特訓。等到太陽下山、暑熱稍減，我從置物間裡拿出了排球。

根據母親從東京寄來的信上表示，這顆排球是用十八張高級皮革製成，出自慕尼黑奧運指定用球的製造商。

「許多玩排球的外國人來到日本，似乎都是買這顆球回去當紀念品喔。」

母親的信附上了驕傲的但書，然而我和米娜的技巧根本不可能配得上這顆球的身價。

首先，我們以能夠連續五次上手傳球做為目標。

「最重要的不是雙手，而是要有一雙確實掌握排球動向的雙腳。精準的傳球是由雙腳轉化出來的。雙腳迅速移動到球的下方，彎曲膝蓋、收下顎，然後手肘併攏，接著全身放鬆，吸收排球的勁道，以下半身的彈力把球送出去。換句話說，十根指頭的工作，就是負責吸收排球動能的大地。在那一瞬間，排球宛如靜止一般，球面的每一處接縫都清晰可見，最後在手上激發任何樂器都無法發出的清脆聲響。」

米娜的解說堪稱完美，既有條理，又富詩意，這一切都是觀摩貓田的球技所得來的成果。光是豎起耳朵，就能想像出排球在草皮上優雅飛舞的軌跡以及響徹球場的碰撞聲。然而，為何一旦實際演練，所有的幻想就會統統化為烏有，連我們也覺得不可思議。

連續五次傳球實在是不可能的任務。米娜所回擊的每一球，都讓人忍不住懷疑她是不是有意刁難；而她指尖所發出的聲音，別說是樂器，那根本就是關節軟骨所發出的悲鳴。

難得的奧運指定用球，飛舞在空中的時間屈指可數，大部分的時間都在庭園的草皮上翻滾。經過了水池和小豆子排泄物的洗禮，甚至發出詭異的光澤。

儘管如此，我和米娜絲毫不感到氣餒。愈了解排球這項競技的難度，我們對貓田與森田就愈推崇。結束了一天的練習後，我們用水清洗弄髒的排球，我一直不斷想像森田選手攔截米娜不按牌理出牌的發球，以及貓田選手溫柔傳球給我的景象。

二十八日預賽開打後，日本男子排球隊連戰皆捷，對上羅馬尼亞、古巴兩隊輕鬆獲勝，就連賽前預測是預賽最大難關的東德也順利攻克。我們的暑假，也在賽事熱烈進行間接近了尾聲。接下來雖然還有隨堂考要應付，但是我沒有把這件事告訴任何人，每晚七點三十分還是和米娜一起守在電視機前。接下來戰勝巴西，打敗西德也如探囊取物。日本隊就這樣保持全勝的紀錄，不負眾望朝準決賽挺進。

奧運會的第十一天，就在大家耐心等待決賽開打的九月五日晚間，取代比賽轉播出現在電視畫面上的，是選手村的影像，打著黑色領帶的播報員報導著最新消息。

「當地時間五日凌晨五點，巴勒斯坦武裝組織激進分子闖入奧運選手村以色列選手宿舍，殺害兩名選手及教練，現挾持九名人質與警方對峙。」

29

當時，我完全不了解這起事件的意義。巴勒斯坦武裝組織是什麼？為什麼要攻擊以色列選手宿舍？在慕尼黑奧運犯下暴行又有什麼意味？對於整起事件的來龍去脈，我絲毫沒有概念。

八名恐怖分子自稱「黑色九月」，以九名人質為肉盾，要求以色列政府釋放兩百多名巴勒斯坦囚犯，並且提供逃往海外的班機。

手持來福槍站在陽台的恐怖分子身影，直到現在我仍歷歷在目。他們全身上下就像一團黑影，除了眼睛以外，五官統統包覆在面罩底下，詭異的姿態清晰地出現在螢光幕上，就連眼角周圍汗水濡濕的模樣都拍攝得一清二楚。不，說不定那根本就不是汗水，而是遇害的以色列人所飛濺出的血水。

對整起事件最感到震驚的人就是羅莎奶奶。正因為看到她難過嘆息的模樣，懵懂無知的我才會為死去的以色列人祈禱。要是沒有奶奶，我大概只會把恐怖分子當作妨礙日本男排奪金的絆腳石而已。

最令奶奶感到害怕的，是晚間新聞報導巴勒斯坦武裝組織挾持人質移動的消息。

「當地時間晚上十點，西德內政部長根舍(注一)公開發表聲明，同意接受巴勒斯坦武裝組織的要求。恐怖分子為了逃往海外，帶著九名人質由選手村附近的直升機停機坪往慕尼黑國際機場移動。走出宿舍的人質雙眼蒙上布條、雙手反綁在後，恐怖分子將人質魚貫押上軍用巴士。」

「魚貫？」羅莎奶奶隨口問道。

「就像游魚一樣，一個接著一個。」

聽到我的回答，羅莎奶奶抬起頭來吐出深長的嘆息，好像我說了什麼不該說的話一樣。然而奶奶嘆息的樣子實在太過悲切，讓我不知道該怎麼樣安慰她才好。

現在回想起來，當羅莎奶奶聽到「魚貫」這兩個字，也許已經預料到這起事件會如何收場了。最後，西德警方與恐怖分子爆發激烈槍戰，九名人質全數罹難。

報紙上刊登了直升機殘骸的照片。失去頂棚的直升機露出彎曲的金屬骨幹，駕駛座和客座也燒個精光，機身旁站著一名士兵，彷彿守護著等待入土為安的屍體一樣。

羅莎奶奶將自己房裡所有愛瑪女士的照片集中起來，用白色手帕細心擦拭上面的灰塵。不止玻璃擦得晶亮，就連相框周邊的凹槽都以手指一一抹過。即使旁人看來擦拭得相當乾淨，她的手也未曾停歇。陪伴在奶奶身旁的米田婆婆從頭到尾都以溫暖的手掌貼著羅莎奶奶的背。

「這種情況，好像只有米田婆婆才能安慰奶奶。」

米娜靜默不語，靠著眼神交會告訴我這樣的訊息，我默默地點頭。

很明顯地，「黑色九月」的事件似乎挑起了羅莎奶奶的回憶。其實只要認真觀察就可以發現，自從羅莎奶奶嫁來日本，姊妹站在一起、令人讚歎兩人極為神似的合照一張也沒有，剩下的全是以航空郵件從德國寄來的。以照片的年代順序排列，約略可以看出愛瑪女士結婚、生下三個小孩，還有小孩逐漸長大的過程。

最後的照片，一家五口在像是公寓中庭的地方搬出桌椅，開心地享用午餐。大概是初夏時節，四周開滿四照花（注二）。從照片中的氣氛看來，那並不是慶祝的筵席，

注一：漢斯・迪特里希・根舍（Hans-Dietrich Genscher, 1927-）為當時西德內政部長，後任副總理兼外交部長。對歐盟成立有相當大的貢獻。

注二：四照花（*Cornus florida L.*）亦稱花水木、山茱萸。常見的花色為白色，亦有粉紅色品種，擁有四片對稱的花瓣。

而是一般的午後餐聚，餐桌上還擺放啤酒杯。照片裡有三個小孩，一個男孩和兩個女孩約莫是大學和高中的年紀，丈夫與愛瑪女士年約五十開外，最年長的男孩子容貌和米娜有些神似。一家五口瞇起眼睛，露出燦爛的笑容。

那是愛瑪女士的最後一張照片，相框背後刻著一九三八年。照片裡面朝氣蓬勃的愛瑪女士，和眼前垂垂老矣的羅莎奶奶是雙胞胎姊妹這件事，大概沒有人認得出來了。過去曾經如此相似的雙胞胎姊妹卻變得這般不同，羅莎奶奶彷彿感嘆歲月不饒人似地，將照片放在膝蓋上，不停撫摸著愛瑪女士的留影。

一時間，奧運中止的傳言甚囂塵上。所幸，競技比賽只順延了一天便繼續進行。在六日舉辦的追悼會上，ＩＯＣ主席布倫達治發表演說，宣示奧林匹克大會絕不屈服於政治與暴力之下。

角力選手艾列歇爾．哈洛芬、舉重選手吉卜．費理曼、田徑教練阿密茲爾．夏比拉、擊劍教練安德列．史皮亞……演說最後一一念出罹難者姓名，表達哀悼之意。

如同羅莎奶奶第一次知道「魚貫」的意義一樣，我因這場追悼會第一次知道降半旗的意義。未能升至頂端的五環旗幟在半空中孤獨地隨風飄揚。

後來阿姨告訴我，在愛瑪女士遇害後，羅莎奶奶的親人相繼死在二次世界大戰的納粹集中營，只有奶奶一個人因為身在日本而倖免於難。

阿姨告訴我：「有一天，柏林公寓的門鈴聲大做，愛瑪女士一家人統統被送往納粹集中營的毒氣室。以色列是那些躲過迫害的猶太人所創立的國家，因此看到以色列選手遭到攻擊，一定讓羅莎奶奶有時光倒流的錯覺吧。」

聽完阿姨的一番話，我來到市立圖書館，向套頭毛衣男借閱奧茲維斯（注）的紀錄書籍。我這麼做並不是為了米娜，相反地，這是我第一次為了自己來圖書館借書。

書裡，有飽受摧殘的猶太人被趕下貨車、列隊送往毒氣室的照片。我在照片裡尋覓，尋覓角力選手的祖母、擊劍教練的兄弟、神似米娜的青年，或是愛瑪女士的身影。那些都是魚貫走向死亡的人群。

注：奧茲維斯（Auschwitz）位於波蘭西南部，為德軍大量屠殺猶太人之地。

30

雖然遲了一天，決賽終於開始了。日本隊只要能贏過強敵蘇聯，冠軍就唾手可得了。

九月九日星期六，米娜和我阻絕所有外界訊息，既不碰報紙、也不看電視。上午的課程就在坐立不安的氣氛中度過，我的隨堂考最後以「慘不忍睹」四個字畫下句點，反正考得這麼差也無可奈何，總之先衝回家再說。米娜也請小林先生用比平常多一點的力氣牽著小豆子的韁繩，火速從學校趕回家裡。

午餐是米田婆婆特製的牛肉燴飯，我和米娜默默用湯匙舀起眼前的食物。

「妳們今天特別安靜，該不會吵架了吧？」米田婆婆倒著麥茶一邊問道。

「不是啦，今天晚上就要播放準決賽了，在這之前我們想安靜度過。」米娜回答。

「因為比賽已經結束了，為了避免聽到比賽的結果，所以要切斷外界一切訊息。我們想要保持看現場轉播的心情收看今晚的比賽。」我連忙解釋。

「所以米田婆婆，如果妳知道結果，千萬不要告訴我們喔。」

對於米娜的特別囑咐，米田婆婆只說「好、好，我什麼都不知道」，然後在我們的盤子裡倒上許多什錦八寶醬菜。

其實正確來說，我們大概知道結果會是如何。蘇聯才是真正的難關，日本隊是不可能輸給保加利亞這種弱小隊伍的。我們只是想在電視上看看日本隊究竟如何取得勝利。

在晚上七點二十分比賽轉播之前，我和米娜都在光線浴室裡玩錢仙（錢仙預言日本隊奪金的可能有九成七左右）、朗讀火柴盒的故事。到了傍晚，我們像平常一樣練習上手傳球，等待開播的時刻到來。

我和米娜已經痛快地做好了敗戰的心理準備。想不到，真正讓日本陷入苦戰的強敵並不是蘇聯和東德，而是保加利亞。這樣的發展雖然出乎意料之外，但是就算日本隊無法奪得金牌，我們也十分明瞭選手所付出的辛勞與努力。收看《邁向慕尼黑之路》令我們感同身受，就算輸了比賽，也希望他們都能忍住淚水、抬頭挺胸。隨著比賽進行，在無法取得優勢的情況下，我們的心逐漸忘卻勝利的願望，轉而企求雖敗猶榮的安慰。

準決賽，第一、第二局保加利亞連下兩城。球場上雖然聚集了平時的豪華陣容，隊伍的微妙協調卻出現些許破綻。快攻、時間差攻擊遭對手接連識破，所有的攻勢都遭受截擊，甚至還被保加利亞的王牌布拉達諾夫強攻得點。

電視機前，羅莎奶奶、米田婆婆和阿姨等人雖然齊聚一堂，但交談聲卻愈來愈少。每當布拉達諾夫殺球得點，我和米娜就會互望對方，支撐彼此泫然欲泣的心情。

日本隊面臨緊要關頭的第三回合，球場上不見貓田與森田的身影。除了大古與橫田以外，其他先發球員全部坐回板凳，由南、中村、嶋岡和西本取代上陣。肩負取得金牌重任的天才貓田被換下場，似乎讓米娜深受打擊，喉頭的風聲比起平常顯得更加急促。

「南選手是東京、墨西哥、慕尼黑奧運的三屆老將，而且還是岡山旭化成企業贊助的超強選手喔。和我一樣都是岡山人……」

雖然我試著帶給大家一點希望的氛圍，但效果卻差勁透頂。別說帶給大家希望，空氣裡反而飄浮著一種「南選手是哪裡人和比賽有什麼關係」的冰冷氣氛。

然而這次換人極有成效。隊長中村和長期擔任日本王牌、在慕尼黑卻鮮少出賽的1號南選手氣定神閒地現身時，籠罩場上的陰霾一掃而空，彷彿連球網的白色布條看起來都變得更加鮮明似的。二位老將為日本隊帶來了新氣象，給予貓田與森田喘息的空間。

快攻、攔網、接球。靠著老將的活躍表現，日本隊連續拿下第三、第四局的勝利。

「日本，狀況變好了呢。」

「追趕的一方變得比較有利了。」

兩位老人家恢復活力，開始發表樂觀的意見。我和米娜依然無法擺脫可能敗戰的陰影，不自覺地握住彼此的手。

第五局，貓田與森田回到場上。

「這一回合就要分出勝負了。」

雖然這是再清楚不過的事，但我也受到米娜那種不得不說出口確認的心情所渲染。

「嗯，是啊，這是最後一回合了。」我回答。

前半局三比八，保加利亞領先，雙方攻守交換。先發球員恢復原有的水準，隊伍也再度發揮了極佳的團隊默契，卻遲遲無法拉近比數的差距，最後形成七比十一的局面。日本隊要獲勝必須再拿下八分，保加利亞則只要再拿下四分。換言之，日本只要再被取得四分就會飲恨敗北，喪失奪金機會。我在心裡反覆計算兩隊的比數，為了確定自己沒算錯，我一手牽著米娜，另一隻空出來的手一再屈指計算。兩位老人家再度陷入沉默。

要是比數再拉開可就不妙了，日本隊已經被逼進了破釜沉舟、背水一戰的局勢。場上劍拔弩張的氣息壓得眾人無法呼吸，跪坐的姿勢早已讓我們的雙腳痛得失去了知覺，甚至變得冰冷起來。不過這樣的疼痛還遠遠不夠，若想幫助在場上奮戰的日本隊選手，我們必須更深入體會他們的痛苦才行。我和米娜抱著雙腳報廢也無所謂的心情，更加用力地握住彼此的手。

就在這個時候，一直保持緘默的阿姨忽然開口了。「啊，妳們看那裡。」阿姨從沙發上起身，指著電視機螢幕。「Matsudaira誤打成Mastudaira了。」似乎是在說記分板下方的選手姓名欄。

「妳們看，就是這裡。」

就在阿姨手指指向螢光幕時，攝影機將畫面切換到球場上。

「媽媽，安靜一下啦。」米娜厲聲說道。

「可是，教練的名字打錯了嘛……」

「現在不是說這個的時候啦，搞清楚狀況嘛。比賽結束以後，看妳是要寫信給布倫達治主席，還是什麼阿貓阿狗都隨妳高興，總之現在先別說話啦。」

懾服於米娜的氣勢，阿姨只好勉為其難地坐回沙發上。

現在回想起來，阿姨發現誤植的那一瞬間，正是慕尼黑奧運男排準決賽，保加利亞對日本第五局的重要關鍵。阿姨指著電視上的Mastudaira、在螢幕留下指紋的那一刻，似乎啟動了某個隱藏的開關，轉動了細小的齒輪。球場上選手的影子、觀眾席上傳來的加油聲浪、哨音的聲響，所有的一切都在瞬間戛然停止，時間的流動也改變了軌跡。這一刻實在太過短暫，快到大家來不及反應就悄悄起了變化，唯獨我和米娜沒有錯過那彈指須臾的一瞬。

下一秒，貓田立刻開球得點。貓田冷靜的發球一聲不響地鑽進對方球場上的間隙，保加利亞的選手一臉無法理解為何球會落在那裡的表情，一同看著球的落點。

情勢一旦變化後，氣勢如虹的日本隊銳不可當。靠著大古與嶋岡的出色表現，日本連續拿下五分，再加上南選手的攔網與假動作，比數形成十四比十二的局面，來到最後關鍵的一球。

最後，嶋岡的殺球讓日本隊取得勝利。我和米娜同聲歡呼，拖著麻痺的雙腳跑到沙發前，兩張小臉就這樣埋進羅莎奶奶的懷裡，加上身旁的米田婆婆，四個人激動地抱在一塊。電視上，貓田與森田緊緊抱住掩面哭泣的大古。對於自己信心不足，擅自設想可能會敗北，我在心裡對他們致上十二萬分的歉意。我們宛如懷裡抱著貓田、森田、大古、南，以及日本隊的隊員一般，一家人緊密相擁，永不分離。

日本對保加利亞的比數為十三比十五、九比十五、十五比九、十五比九、十五比十二。比賽時間，三小時十五分。

「妳們看，果然打錯了嘛。T和S弄反了呀。」

阿姨一直到最後都還執著於教練姓名的誤植。對日本男子排球隊來說，那是如同寶石般珍貴的誤植。

說實話，其實我對總決賽反而沒什麼印象。大概是因為我和米娜在對保加利亞之戰就已經付出所有熱情的關係吧，等到總決賽時，我們一點兒也不緊張，取而代之的是冷靜爽朗的心情。一步一步邁向慕尼黑之路的日本隊選手能夠享受打進奧林匹克總決賽的喜悅，已超出我們對勝敗的關注。

造成我們這種心境的另一個理由，或許是因為決賽的對手不是蘇聯，而是東德的緣故。不論是森田的快攻奏效，還是修爾茲攔網成功，羅莎奶奶總是同樣給予掌聲。可以看得出來那並非刻意的行為，純粹是身體的自然反應。

「不管哪一邊得分，都很高興。真是賺到了。」羅莎奶奶說著，朝我們開心地眨了眨眼。

儘管奶奶連規則都還一知半解，然而每當自己的祖國得分，她就會從沙發起身，彷彿要將心意傳遞到德國般用力拍打雙手。看到奶奶這個樣子，似乎可以稍微體會到，她是經過了多麼漫長的旅程才終於走到今天這個地步。我總覺得，令奶奶衰老的原因並不是時光的流逝，也不是德國與日本之間遙遠的距離。

一想到這裡，毫無來由地，心情變得相當寂寥。

十四比十，終於到了最後關頭，貓田舉起食指，告訴隊友「還剩一分、還剩一分」，給他們加油打氣。最後，東德的球落到場外，日本隊獲得了夢寐以求的金牌。九月十一日，舉行奧運閉幕典禮。以色列除了標示牌以外，沒有一位選手進入會場。到了夜晚八點，聖火熄滅。

不知不覺中，夏天已進入尾聲了。

一九八三年九月四日，前日本排球隊舉球員，慕尼黑奧運金牌得主貓田勝敏因胃癌辭世，得年三十九歲。

聽到這則新聞，令我不禁停筆。當時我離開蘆屋早已過了十年以上，但那個夏天的所有回憶瞬間甦醒過來，讓我幾乎窒息。電視機前面地毯的觸感、巴勒斯坦武裝組織的面罩樣式、小豆子的大便沾上排球的氣味，全部的回憶在一瞬間朝我排山倒海而來。同時，莫大的孤寂感來襲，因為那些重要的回憶已隨著貓田的死，消失到我永遠無法觸及的地方。

「在莫斯科奧運預賽後，結束了十七年的日本男排選手生涯，宣布引退。其後雖就任專賣廣島隊教練，卻因為檢查出胃癌而多次入院治療，於九月四日告別人世。臨終時，嘴裡重複說著『還剩一分、還剩一分』，在人生的最後一刻仍表現出想再度披掛上陣的意志。」

電視新聞不停播放慕尼黑奧運的影像。那裡，有米娜最喜愛的貓田。用靈巧的手指將祈願託付給攻擊手，默默地為隊友托球的貓田。

慕尼黑奧運結束後，阿姨、我，還有米娜馬上振筆疾書。阿姨寫給ＩＯＣ布倫達治主席，指出松平教練姓氏拼音錯誤，我和米娜則是分別寫給森田和貓田選手的球迷信。

傍晚，三個人一起散步走下坡道，到開森橋附近的郵筒投遞各自的信件。

「這封信真的能夠寄到布倫達治主席的手上嗎？」

我還記得，當我發現信上的收件人是用日文書寫時，不禁有些擔心。

「放心，日本有奧林匹克委員會的分會。」

阿姨一點也不擔心。信件依舊是以敬啟者開始、敬上結束的內容，就像平時寄出的信件一樣。

我所寫的只是單純的球迷信。在當時，我的信不過是混雜在其他幾千封少女的球迷信裡隨處可見的一封罷了。

米娜為了貓田所寫的信就不一樣了。那封信不管和多少球迷信相比，也絕對是最特別的一封。儘管米娜對排球始終不上手，但寄給貓田的信就像光彩奪目的傳球一般。

貓田勝敏先生：

恭喜您奪得了金牌，在電視機前的我感動得都快哭了。

我一邊拍手鼓掌，心裡好想大聲歡呼，感謝您們完成大家的奧運奪金夢。

在大家將松平教練拋向空中慶祝時，我仔細尋找您的身影，但背號2號始終被其他高頭大馬的選手擋住。

不過我很清楚，您確實就在隊伍裡面。您是一個在眾人背後默默完成重要使命的選手。貓田先生一直以來都是如此。

每當殺球得分時，觀眾總是注視著殺球的選手、注視著殺球攻入對方陣地的威力。

然而，每當這種時候我總是注視著貓田選手。完成托球後的貓田選手縮起身子、從下方仰望著球，偶爾匍匐在地。現在回想那些精采的殺球片段，愈覺得一切都要歸功於巧妙的托球。但貓田選手卻不見一丁點驕傲，只是不斷、不斷地鑽到球的下方。

為什麼貓田選手能夠如此溫柔地托球，真的令我覺得很不可思議。比起攻擊手如何打出強有力的殺球，更讓我覺得艱深而神祕。

只要一經貓田選手的雙手碰觸，球就會忽然變得相當乖巧。在此之前完全無法預測的球向也會變得單純老實、乖乖跑到攻擊手的手上。在這份沉靜之中，下一刻即將爆發的能量已經蓄勢待發。

一顆球在人體上竟然有這麼豐富多樣的表現，實在令人驚歎不已。我總覺得，如果有貓田選手的托球幫忙，就算是身高只有一百三十公分、體重只有二十公斤、患有氣喘痼疾又常給家人添麻煩的我，也能打出彈飛蘇聯選手的殺球。

感謝您將這封不怎樣的信讀到最後。我會繼續期待能在電視上為您加油的那一天到來，以後，我仍會努力為您加油。

再次感謝您奪得金牌。

再見。

兵庫縣蘆屋市　小學六年級女生親筆

31

秋季的某一天，家裡發生了一起小事件，起因是米田婆婆所寫的明信片抽中了頭獎。

只要集滿三枚洗衣肥皂包裝袋的獎券，貼在明信片上就可以參加抽獎，頭獎是北海道四天三夜旅遊招待券。全家人聽到這個消息都興奮不已，紛紛稱讚米田婆婆運氣好，目光滿是羨慕。

在米田婆婆數十年的抽獎生涯中，這個獎品的價值位居第一。真要說得過什麼比較值錢的獎品，也不過就是健康磁氣床墊、一打蚊香，或是全國通用的冰淇淋兌換券這一類小獎而已。

熱心參與抽獎活動，好不容易幸運中獎的頭獎得主，對於這份大禮似乎並不怎麼開心，甚至覺得有點麻煩。

「北海道那麼遠，我才不想去呢。」

「哎呀，別這麼說嘛，這個機會可是很難得的。再怎麼說那也是北海道，一定很好玩。」

對這份頭獎最感興奮的就是阿姨，大概是因為和自己寄送指正信得到的窮酸獎品比起來，北海道旅行格外豪華的緣故吧。

「我這把老骨頭怕冷啊……」

米田婆婆一臉無所適從的樣子，反覆從圍裙口袋拿出裝著旅遊招待券的信封，然後再放回去。

「不然等到明年天氣暖和點再去不就得了嗎？有效期限是什麼時候？」米娜偷瞄一眼米田婆婆的口袋說道。

「就算是北海道，也有春天、夏天。」羅莎奶奶也來跟著湊熱鬧。

「話不能這麼說，不管是春天還是夏天，飛機都一樣可怕啊……」

「婆婆坐過飛機嗎？」

我這麼一問，米田婆婆無力地搖了搖頭。

「既然這樣，那婆婆也不知道究竟可不可怕啊，搞不好很愉快也說不一定呢。況且，米田婆婆也需要休息吧？」

我提出了從很久以前就一直想問的問題。至少從我搬到蘆屋以來，一次也沒有看過米田婆婆休假。婆婆從沒有一天荒廢家事，也從來沒有為了私事或玩樂而出門，她始終陪伴在我們身邊，盡心盡力照顧我們。
「四獎的晒衣夾組合還比較好呢……」
我的提案完全無法消除米田婆婆心中的猶豫。
「而且妳們看，這還是雙人旅遊券呢，意思是要兩個人一起去吧？」
大伙兒好奇地拿起信封袋裡的招待券，上面確實印有斗大的「雙人旅遊招待券」字樣，下方括弧裡還有一行小字，寫著「請勿一人參加」。
「那就更不需要煩惱啦，帶我一起去就好了。」阿姨興高采烈地說道。
「那怎麼行呢，萬一太太您不在的時候米娜氣喘發作，那該如何是好？」
「不然就讓小林先生住我們家吧。」
「如果會給大家添麻煩，我寧可不去什麼北海道。」
「要是腳好一點，就可以一起去了，真可惜。」羅莎奶奶撫摸著膝蓋，嘆了一口氣。
「爸爸的公司不曉得有沒有適當的人選？例如想回北海道探親之類的。」
「乾脆找小林先生一起去吧。」
我們每一個人所提出的意見似乎都讓米田婆婆更加困擾。在七嘴八舌的提議中，唯有一件事情可以肯定，那就是米田婆婆沒有能夠一同旅行的親戚朋友。

「不用這麼心急，船到橋頭自然直。畢竟米田婆婆有權利慢慢品嘗她的幸運嘛。」阿姨說。

但是到了隔天，米田婆婆再也無法品嘗幸運的滋味，同時也脫離了苦惱的困惑，因為小偷偷走了北海道的雙人旅遊招待券。

那是一個非常客氣而知足的小偷。完全沒對高價的美術品出手，除了偷喝一瓶「FRESSY」、偷嚐一口煉乳之外，還偷了阿姨的香菸、威士忌以及北海道旅遊招待券，得手後便溜之大吉。我們沒有一個人發覺異樣，就這麼安穩地一覺到天亮。

米田婆婆和平常一樣，早上六點進廚房，穿起吊在掛鉤上的圍裙。之後在調理台上發現了「FRESSY」的空瓶，還以為是我們小孩子喝完亂丟，於是一邊喃喃抱怨、一邊將空瓶子收拾乾淨（結果連同小偷的指紋也一併清掉了）。

後來，羅莎奶奶也醒了。奶奶來到廚房以後，兩個人一起喝著咖啡閒話家常，正當米田婆婆打開冰箱，打算煎香腸時，這才注意到煉乳罐的些微變化，罐子的切口滴下了一滴煉乳。

米田婆婆非常喜歡煉乳，麵包、草莓都沾煉乳還不過癮，甚至還會拿來當作點心品嚐，即使是從切口上滴下來的煉乳也絕不浪費。用手指抹起多餘的煉乳，保持罐子的乾燥清爽是她一貫的作風。不過這時，米田婆婆還沒有把這件事和小偷聯想在一起，只是對於喜愛的食物瓶罐竟然弄得黏答答的感到非常不快。

這時，B麵包店的麵包配送車來了。

「咦？太太，卸貨口的門把壞了呢。」

抱著法國麵包的麵包店學徒說道。米田婆婆和羅莎奶奶這才驚覺家裡有些不尋常。

以上就是米田婆婆和管區員警描述的事件經過。

B麵包店的學徒雖然年輕，個性卻十分穩重。不僅安撫受到驚嚇的羅莎奶奶，還在第一時間幫忙聯絡警察，建議我們：「最好再確認一下，除了『FRESSY』和煉乳以外，是否還有其他損失，萬一存摺被偷了就必須趕快通知銀行才行。」

警方終於來到現場，宅邸頓時變得熱鬧非凡，這時自然無法悠閒地吃早餐。看到這樣的狀況，羅莎奶奶嚇得渾身發抖、米田婆婆臉色發青呆站在原地、阿姨像是要讓宿醉清醒一般四處走動。

我和米娜倒是一點也不害怕。當鑑識人員以石膏採集竊賊的腳印或是指紋時，我們就跟在後面詢問「這個白色的粉末是什麼成分」之類的問題。突然的騷動讓我們心跳加速，心裡充滿了說不定可以不用上學的僥倖期待。

家裡唯一保持平常心的只有小豆子。牠埋頭在樹叢裡打噴嚏、嘩啦嘩啦喝著池塘裡的水，一看到警方人員開始調查庭園便抑鬱地轉轉尾巴。

幸好，竊賊並未破壞保險箱。除了「FRESSY」、煉乳、阿姨存放在吸菸室的一條香菸以及兩瓶進口威士忌之外並沒有其他損失。警方表示，美術品安然無事的原因，或許是竊賊顧慮到竊取美術品容易留下證據而作罷，也可能侵入的並非小偷，而是肚子餓的流浪漢也說不定。

「請各位再仔細確認是否有其他的損失。」警方再次提醒。

米娜的推理是，當竊賊喝完「FRESSY」，精神一振，正要尋找保險箱時，剛好被陽台對面的小豆子撞見，結果嚇了個屁滾尿流，趕緊拔腿狂奔。

「會不知道大名鼎鼎的小豆子，代表竊賊不是附近的居民。」米娜在我耳邊悄聲說道。

受這起事件打擊最大的便是米田婆婆。雖然大家都沒有責怪她，但是她卻認為自己沒有維繫好門戶安全而深深自責。受傷歸受傷，米田婆婆還是不准我們請假。

「有什麼理由必須休假嗎？如果為了這點小事就休假，豈不是讓小偷稱心如意了嗎？」

米田婆婆拍了拍小豆子的屁股，開朗地目送我們出門上學。就在婆婆雙手插進圍裙口袋沒多久，隨即發出「啊」的一聲。

「旅遊招待券不見了。」

就在家裡遭小偷的隔天，姨丈立刻請來專業的防盜業者把宅邸所有鎖頭換成更為精密的高級貨，每個人的寢室、走廊也都加裝了防盜警鈴。姨丈機敏俐落地下達指令、判斷、四處確認家裡每個角落的身影，依舊英俊絕倫。他以鋼筆代替指揮棒在住宅平面圖上統籌指點，防盜業者便迅速移動到定位，執行精確的作業。儘管並未刻意裝作了不起的樣子，卻自然流露出一股無法言喻的威嚴。

其實我在心裡暗自覺得，這次遭竊真正應該負責的人並不是米田婆婆，而是身為一家之主卻不在家裡的姨丈。不過一看到那優雅俊美的風采，所有責備的念頭便瞬間消失得無影無蹤。

所有作業結束後，接著測試防盜警鈴。羅莎奶奶按下全新的防盜警鈴，足以震破耳膜的淒厲聲響頓時響徹雲霄，就連平日老神在在的小豆子也在水池邊滑了一跤、跌了一屁股。

「嗯，這樣就沒問題了。」

「這種音量應該足以叫醒鎮上的居民了吧。」姨丈雙手交抱胸前，一臉滿意。

大伙兒都相當佩服防盜警鈴的威力，每個人都異口同聲地說總算放心了。

然而，不論警鈴叫得多麼震天價響、事態如何緊急，這一切都無法傳到姨丈的耳裡不是嗎？

當然，我並沒有把這樣的想法說出口。新的鎖頭和新的警鈴能夠發揮效用，大家都開開心心，這樣就夠了。

雖然這次的歸來不在姨丈的預定行程內，但姨丈仍然將所有壞掉的東西確實修好才離開。這次壞掉的東西是釘書針卡住的釘書機，還有骨架彎曲的雨傘。

我和米娜一邊做光療，一邊討論偷走北海道旅遊招待券的小偷。油燈旁還放著米娜剛剛拿來點火的火柴盒，圖案是一隻穿著用綠藻縫製而成的外套、搔首弄姿的棕熊，看起來像是被綠藻弄得很癢似地不停扭動。

「雖然是個很笨的小偷，不過選擇下手目標的方法還真是簡單明瞭呢。」米娜說。

「怎麼說呢？」

「他都專挑我們覺得沒有價值、他卻認為相當有魅力的東西。」

米娜的身體雖然還是像小鹿斑比一般瘦小，不過多虧了整個暑假未曾發病的福，手腕上的注射痕跡淡了許多。

「因為媽媽的香菸和威士忌被偷，羅莎奶奶肯定很高興；旅遊招待券如果是以這種形式消失，說不定米田婆婆反而覺得鬆一口氣。」

「是這樣嗎？」

「嗯，應該沒錯。這樣就不必為了要和誰一起旅行而傷腦筋。」

「原來是這樣。」

「讓素未謀面的小偷代替自己去北海道，對米田婆婆來說反而比較輕鬆吧。」

「可是小偷找得到人和他一起去嗎？」

「說的也是呢……」稍微思考了一會兒，米娜這麼回答。

「說不定他在監獄裡交了朋友。」

「嗯，有道理。」

身體正面光療結束後，接著轉過身換背面。下顎頂著交疊的手背，聽著燈泡嘎吱嘎吱的運轉聲，我們開始想像小偷和他的朋友到北海道旅行的景象。我們想像小偷在飛機上喝著威士忌、在阿寒湖的湖畔邊吞雲吐霧，或是到特產中心買瓶裝綠藻和木雕棕熊的情景。既然東西都被偷了，那就祝福他們旅途愉快吧。

兩天後，我們從警方那裡得知竊賊落網的消息，似乎是留在小豆子大便上的腳印成了關鍵的證據。

「果然跟我說的一樣吧，小豆子才是最大的功臣。」米娜顯得相當自豪。

結果，我們錯失了詢問竊賊究竟有沒有去北海道的機會。

32

現在回想起來，也許米田婆婆稱得上是對蘆屋家感情最深厚的人。

羅莎奶奶始終懷念遙遠的德國。同樣的，對阿姨來說，岡山才是她真正的故鄉。雖然騎小豆子只要花十五分鐘就能到學校，但米娜每天畢竟還是擁有學校生活，更遑論早已從兒童寢室遠赴異國的龍一表哥。至於姨丈，依舊是個不回家的人。

唯獨米田婆婆，既沒有其他的歸宿，也沒有等待她回去的地方。能夠寄信的對象充其量只有抽獎單位，得到回信的機率更近乎於零。婆婆日以繼夜地照顧別人，過著和至親無緣的生活。

也許米田婆婆在羅莎奶奶、姨丈、小豆子或是其他任何人出現以前，就已經和現在一樣，一直待在這座宅邸也說不定。說不定從出生以來就以老婆婆的姿態烤著麵包、擦拭窗戶、整理物品。看著米田婆婆的身影，偶爾會有這樣的錯覺。

米田婆婆就像雪花球裡的白雪一樣。玻璃球裡面映照著宅邸的風景，房間的各個角落打掃得乾乾淨淨，四周瀰漫著美味料理的香味，夾雜著眾人的歡笑聲。一旦把雪花球倒過來，白雪就會宛如包容所有的景象一般翩然落下，最後沉澱在地上靜靜地照看大家。

不管多麼用力搖晃，白雪絕不會離開玻璃球。如果有人想要打破玻璃球，也只會發覺是愚蠢的徒勞罷了。白雪離開了宅邸便會化作不知名的黏液，再也無法復原。因此沒有任何人可以把米田婆婆帶出這座宅邸。

星期日，羅莎奶奶和米田婆婆很難得分頭行動，先前的遭竊事件正是原因所在。當天，為了參加友人兒子的婚禮，阿姨和羅莎奶奶預計要前往新大阪飯店。通常這種情況米田婆婆也會同行，不過剛遭竊不久，只留小孩子在家裡實在讓人放心不下，因此決定米田婆婆也一起留在家中。

兩人坐上計程車出發後，休假的小林先生忽然來到家裡，手上還抱著一個小寶寶。

「因為女兒和女婿有事，拜託我們今天幫忙照顧孩子，內子剛剛不巧在浴室滑了一跤，扭傷了腰。因此在我帶她去醫院的這段時間，是否可以請您幫忙照料一下這個孩子？」小林先生一臉歉疚地說明事情原委，這一段時間，小寶寶一直都在小林先生懷裡香甜地睡著。

不止要帶氣喘發作的米娜到醫院，就連放假都不得不去醫院的小林先生實在令人同情。「請您別擔心，好好陪夫人看病吧。」我們說。

於是，我們暫時代替小林先生照顧小寶寶。

「真的很抱歉啊，感謝各位幫了大忙。要是寶寶一直哭不停的話，就搔搔腳底吧，這樣一來應該就沒問題了。然後這裡面放著所有會用到的東西。」

小林先生交給我們的手提袋遠比小寶寶還要重上好幾倍。

接下來，我們先讓小寶寶睡在客廳的沙發上。米娜、我還有米田婆婆三人流連在沙發旁邊，連各自的分內工作（寫功課和洗衣服）都忘得一乾二淨，就這麼望著小寶寶睡覺的模樣。

小寶寶包裹在縫有火車補丁的黃色絨毛衣裡，小小的拳頭緊握，伸向耳朵兩旁，對於發生在自己周遭的事情渾然不知，沉沉酣睡。頭髮稀疏、嘴角還留有牛奶印子，緊閉的雙眼深陷在過於豐滿的雙頰裡。

「有在呼吸嗎？」米田婆婆把耳朵湊近小寶寶的口鼻。

「討厭，不要說這種奇怪的話啦，米田婆婆。」我說。

「但是好像都聽不到鼾聲……」

米田婆婆皺起眉頭，專心傾聽。不止如此，婆婆用看似慎重，實則相當戒慎恐懼的動作輕輕摸著小寶寶的臉頰。

「沒有冷掉……」

「那當然啊。」

這時，小寶寶緊握的拳頭忽然抽動了一下。米田婆婆一驚，急忙從沙發旁退開，手肘還撞到了桌子的邊角。

「妳們看，寶寶好像醒了耶。」

米娜指著小寶寶說道。小寶寶一臉心情不好似地搖搖頭，然後扭動屁股緩緩張開眼睛。小寶寶和撫摸手肘痛處的米田婆婆一對上眼，馬上中氣十足地哭了起來。

剛才還擔心沒氣，但現在看來根本是個精力過剩的小寶寶。如同防盜警鈴一般宏亮的哭聲頓時響遍整座宅邸。

「寶寶躺在沙發上的話很有可能會掉下來，躺在地板上是不是比較安全一點？」米娜說。

「好、好。」米田婆婆說著便在地毯鋪上毛毯，米娜抱起小寶寶放到新的床褥上，可是哭泣的音波威力仍然有增無減。

「這時候應該先換尿布才對。」

聽了米娜的建議，我趕緊打開手提袋。裡面確實如小林先生所言，所有嬰兒用品一應俱全。奶瓶、奶粉、脫脂棉、酒精消毒液、手搖鈴、圍兜、毛線帽和背心、痱子粉、茶花子油、親子手冊。當然，少不了替換用的尿布。

原來尿布的構造是這樣，我拿起摺成長方形、兩片一組的尿布觀看。本來我們以為換尿布的應該是害小寶寶哭的人，也就是三人中最年長的米田婆婆才對，但她老人家只是攤攤手，一臉不好意思的困惑表情。

「不好意思，我拿嬰兒沒轍。別、別誤會，我不是討厭，只是有點怕。」

「但是米娜或龍一表哥小時候妳不也照顧過他們嗎？」

「那個時候家裡請了護士嘛，我光是負責家事就已經喘不過氣了……」

米田婆婆替自己辯解起來，這還是我第一次看到米田婆婆畏首畏尾的樣子。

「不然我來換吧。」米娜忽然開口。「米田婆婆，麻煩妳拿脫脂棉過來。」

米娜跪坐在小寶寶腳邊，拉開尿布上的魔鬼氈。這時候總算弄清楚寶寶是個小男生。

「來啦。」米田婆婆迅速地完成指示。

儘管米娜的姿勢稱不上熟練，不過看得出來每一個動作都包含了不讓寶寶受傷的決心。拿捏著適當的力道，不管是抬起小寶寶的腿，或是用脫脂棉擦拭小寶寶的屁股，動作無不輕巧認真，就連對待髒尿布也抱持著崇高的敬意。

「那麼，接下來要泡牛奶。」

米娜一邊確認尿布是否包妥，一邊下達下一個指示。我從手提袋裡拿出奶瓶和奶粉罐，米田婆婆拿著這些東西小跑步到廚房。小寶寶的哭聲始終沒有停過，於是我想起小林先生的吩咐，努力搔弄小寶寶的腳底。小寶寶的腳底溫暖而富有彈性，摸起來非常舒服，但是小林先生建議的方法效果不大，小寶寶的心情依然不見好轉。

米娜保持原來的姿勢將小寶寶抱起來，並且以額頭確認奶瓶的溫度，小寶寶立刻咬住奶瓶，喝起奶來。終於，哭聲慢慢止住，只剩下吸奶嘴的啾啾聲。

為什麼米娜能如此熟練地餵小寶寶喝奶呢？的確，米娜的姿勢並不平穩，細瘦的胸部和手腕要支撐小寶寶實在太過孱弱，就算兩手努力抱緊，小寶寶的雙腳也還是在半空晃盪。然而米娜略嫌堅硬的手肘卻托住寶寶的腦袋，雙手環扣住包著尿布的圓屁股。寶寶一臉安心地喝著牛奶，單手抓著奶瓶，眼角淚痕未乾，眼睛偶爾往上注視著我們。米娜雙眼動也不動一下，就連呼吸都刻意放輕，還會隨著牛奶減少的情況調整奶瓶的角度。米田婆婆害怕自己多餘的舉動會破壞這難得的寧靜，從頭到尾都緊抿著嘴唇不敢作聲。

下午，我們讓填飽肚子的小寶寶坐上嬰兒車到庭園散步。三個人費了一番工夫將放置在頂樓貯藏室的德國高級嬰兒車拿出來擦拭乾淨。除了車輪缺乏潤滑而有一點吱嘎聲外，嬰兒車本身依然十分典雅高尚。小寶寶將音樂盒的發條線含在嘴裡，雙腳踢著坐墊，享受乘坐高級嬰兒車的舒適感。

來到水池邊，小豆子腦袋探進嬰兒車，接著伸出舌頭往小寶寶的臉上舔了一口。小寶寶臉頰上沾滿晶亮的唾液，發出愉快的笑聲。

傍晚，小寶寶平安回到小林先生的懷裡，阿姨和羅莎奶奶也從婚筵回到了家裡。羅莎奶奶和米田婆婆坐在藤架下的長椅上，一起眺望夕陽。結束了無法相伴的漫漫長日，回到了自己熟悉的所在，兩位老人家的身旁縈繞著回家的安全感。兩人頭上戴的帽子從草帽換成了平底帽，毛氈材質的茶色平底帽在她們的頭上錯落，彷彿互相報告今天發生的事情一般，兩頂平底帽互相挨近，靠在一塊兒。夕陽一視同仁地照耀著兩人的背影。

33

「曼斯菲爾德的《花園宴會》，還有《奧茲維斯紀錄集》，我都還沒有聽妳說感想呢。」在櫃台裡的套頭毛衣男停下手邊的工作說道。

「啊……是。」

彷彿受到責罵一樣，我心虛地低著頭。在重要的場合失常，對我來說已經是家常便飯了。

不過實際上，我還是很高興套頭毛衣男清楚記得我借了哪些書。每天都有這麼多人來到圖書館、借閱各式各樣的書籍，願意特別留心一個平凡中學生借閱了哪些書籍，應該是值得開心的事情才對。

「說、說的是，是啊，我還沒說過感想。」我結結巴巴回答。

「如何？我想妳應該讀得非常透徹才對。」

套頭毛衣男將一束書目卡在桌上「咚咚」敲打整齊。只要他略施巧手，櫃台上的東西就會整理得井然有序。

「沒這麼誇張啦……」

當然，套頭毛衣男還是誤解了。他完全沒有發現我只是米娜的跑腿，他愈稱讚我，就愈讓我手足無措。

「只不過……」

「只不過？」

但是套頭毛衣男沒有一絲懷疑，用真心想要聽我感想的眼神凝視著我。

「《花園宴會》的結局真的非常驚人。一開始，還以為那是一本無聊的小說，不過就是有錢人家的大小姐同情貧窮男子的故事罷了，實際卻不是這麼一回事。」

「噢，原來如此。」

「嗯，換句話說，這和富有或貧窮並沒有關係。最後，看著男人落馬摔死的表情，羅拉在那之中發現了美感的橋段，就是這本小說的精要。」

「這是米娜告訴我的」這句話被我硬生生吞回去。

「相反地，應該說男子抱著知足的心情接受死亡的尊嚴，深深撼動了羅拉的心。」

「說不定羅拉和妳很相像呢。」

「啊？」

預料之外的意見令我備感困惑，不知如何回答。從米娜那裡聽來的庫存感想已經被我用光了。

「能夠體會《睡美人》裡老人的心情，我想妳一定也能像羅拉一樣，在貧困而死的男人臉上看到尊嚴。」

從閱覽室高挑的天花板照射下來的燈光，在套頭毛衣男的側臉形成了一道柔美的陰影。今天來圖書館的人和之前星期六午後相比，明顯少了許多，只有從周遭的書架傳來些許翻動書頁的聲響。

「所以，我覺得很難過。」我以只有套頭毛衣男聽得見的音量悄聲說道。

「出現在《奧茲維斯紀錄集》裡的人，在死之前什麼也沒有留下。別說是尊嚴，就連名字、頭髮，甚至替他們哀悼的人都沒有。」

套頭毛衣男默默點頭，過長的劉海垂落在額頭上。

「妳果然是蘆屋市立圖書館的榮耀呢。」

彷彿在頒發獎狀一樣，套頭毛衣男將本週借閱的新書和借書證遞給我。

「謝謝。」

我趕緊將東西裝進手提袋，點頭行禮後便跑出了圖書館。帶著不明所以的焦急心情，一口氣跑到山打出站公車候車亭。

今天，我刷新了和套頭毛衣男聊天的最長時間紀錄。明明完全不知道套頭毛衣男的姓名和年紀，然而兩人之間只要有書本就能擁有共通的話題，這點著實讓我訝異不已。不，說不定自己奔跑的原因並不是訝異的緣故，而是今天借閱的書本名稱使然。我借的是屠格涅夫的《初戀》。為什麼偏偏米娜想看書名這麼令人難為情的小說呢？因為害怕套頭毛衣男誤會我借《初戀》的用意，所以我才急著逃離圖書館的櫃台。

各種不安的思緒在腦海裡翻轉，讓我的呼吸更加急促，一直跑到打出天神社旁，出國道左轉看到公車候車亭都還無法平息下來。

不過真正的原因我自己非常清楚。紀錄集的感想並不是米娜、也不是其他人的想法，而是我自己思考的答案。那是我第一次對套頭毛衣男說出自己的感想。因為開心，才忍不住跑了起來。

另一方面，米娜的戀情也有了小小的進展。雖然一起玩排球作戰最後無疾而終，情況又停滯不前，但是在九月的最後一個星期三，配送青年非常罕見地主動找米娜搭話。

「十月八日晚上有賈可比尼流星雨（注）呢，妳知道嗎？」

米娜搖頭。

原來，星期三的配送青年喜歡的不是排球，而是觀星啊。我躲在從前的「FRESSY」動物園售票亭心想。米娜，說謊也沒關係，盡量表現出妳也很有興趣的樣子啊。我在心裡默默地為米娜加油打氣。

「賈可比尼彗星的軌道一旦接近地球，似乎就會降下本世紀最大的流星雨噢。」

「嗯。」

米娜的反應還是十分生硬。

「因為『FRESSY』的商標也是星星，我還以為妳會有興趣呢……」

配送青年指著剛回收的「FRESSY」空瓶說道，兩個人好一陣子看著卡車的貨架沉默以對。

光是盯著空瓶什麼也不會發生啦，不管什麼都好，趕快找一些和星星有關的話題啊。讀過這麼多書，妳應該也看過和星星有關的書才對吧，米娜。我躲在售票亭的陰暗處，急得心浮氣躁。

「哪裡的天文台看得到呢？」米娜終於問了一個比較像樣的問題。

注：賈可比尼流星雨（Comet Giacobini-Zinner），亦稱天龍座流星雨，賈可比尼為其母彗星。

「就算不去天文台，只要看得到天空就好啦。我是打算爬到六甲山的奧池附近，離市中心的光害遠一點，也看得比較清楚。」

「這樣啊。」

米娜再度將視線移往空瓶。

請帶我一起走吧。現在正是這樣央求的好時機啊。

「那我走嘍。」

無言的聲援狠狠地落了空，米娜只能眼巴巴望著配送青年上車的背影。

「妳看這個。」

儘管兩人的關係沒辦法更進一步，米娜還是留意到從售票亭出來的我，開心地打開手掌與我分享。米娜握在掌心的火柴盒畫著少女為了收集天上降下的流星，將手中的玻璃瓶高舉到夜空中的圖案。

隔天下午，米田婆婆託我幫忙跑腿。

「在山手商店街入口的左手邊，和菓子店的對面有一家肉鋪，麻煩妳幫我買那裡的牛肉甜烹海味（注）回來。分量有分大、中、小，買兩個中的就好，然後別忘了請他幫我們打包起來。記得喔，兩個中等分量打包好的。」

就像在仔細叮嚀小朋友一般，米田婆婆反覆囑咐。

買完東西後，穿越從阪急蘆屋車站湧出的人潮，走過十字路口時，我在河對岸的幼稚園一帶看到了一輛卡車。那是配送青年的卡車。

配送青年身穿平日的棒球帽和工作服，坐在蘆屋川邊。結束了一天的配送，接下來應該回工廠才對。青年一臉輕鬆寫意的模樣，在草地上伸展雙腳，臉上帶著米娜和我從未見過的開懷笑容，身旁還坐著一個我們從未見過的女子。

啊，原來配送青年也會露出這麼愉快的笑容啊。我抱著打包好的甜烹海味心想。從河川的積石縫隙沖刷而過的水聲，還有阪急電車的聲響，使我聽不清楚他們的談話。夕陽餘暉照上女子的側臉，看不清是否和米娜一樣都是美人。

唯一確定的，就是他們的關係非比尋常。這一點就算是年幼無知的我也能清楚了解，因為，他們的手緊握在一起。

注：以醬油、糖及甜酒烹煮的小魚、蛤蜊、海帶等，可長期保存。

34

晚上十一點還不睡覺的小孩子實在太不像話了。米田婆婆為了這個理由不准我們看慕尼黑奧運開幕典禮，我實在不認為她會准許我們晚上為了看賈可比尼流星雨而到奧池一帶。對此，米娜當然了然於胸，因此精心策畫了一套說服方法：觀察流星並非為了單純的娛樂，而是為了研究自然科學。這是米娜的特別主張。

「那個賈什麼東西的，到底是什麼啊？」

不過直覺敏銳的米田婆婆並沒有這麼容易上當。

「那是星星的名字啦，流星會像雨一樣降下來喔。而且還是本世紀最壯觀的呢，對研究自然科學來說，絕對是最佳機會。」

米田婆婆雙手抱胸，陷入沉思。

「就算星期日熬夜，也還有兩天連假，應該不會對身體造成太大負擔才對。」

針對氣喘發作的隱憂，米娜先發制人。

「我絕對不會逞強，萬一累了我會馬上回來的。畢竟只有夜晚才能看到星星，要研究星星除了熬夜沒有其他辦法了。我說的對吧？」

米娜的請求益發熱烈。本來我也應該幫忙敲邊鼓的，但是目擊到配送青年約會讓我有所顧忌，以至於沒辦法認真地參與說服米田婆婆。

如果我猜的沒錯，配送青年應該是打算和並肩坐在河岸邊的女子一起到奧池看流星雨。那正是絕佳的約會時機。那個女子穿的並非正式服裝，而是普通的便服配上涼鞋，我猜想她也許是車站附近商店的店員也說不定。那輕便的穿著透露出兩人之間有多親密。

米娜想看流星雨的心情或許不假，但是萬一米娜誤以為配送青年是邀她一起看流星，那該怎麼辦？況且如果米娜目擊到配送青年和女子在約會……一想到這裡，我反倒希望米田婆婆不讓我們去。

結果，米田婆婆說：「去和爸爸商量吧，我一個人實在很難判斷。」儘管看不到姨丈的身影，蘆屋宅邸和姨丈之間似乎有我們小孩所不知道的聯絡方法。

姨丈答應我們去觀測流星的唯一條件，就是米娜必須提出觀測筆記。

「觀測後，爸爸好像會檢查妳們的研究成果喔。」米田婆婆說。

「小事一樁啦，我們一定會交出成績的。對吧？朋子。」

米娜顯得非常高興。為了不讓米娜起疑，我也裝作很開心的模樣。

奧池是位於六甲山半山腰上的蓄水池。就在米娜就讀的Y小學旁，進入通往有馬的收費道路，再往山上前進的中途就是奧池所在的位置。那附近只有零星的保養廠和青年宿舍，不止遠離街道的霓虹燈，池邊還有兒童廣場，不必擔心找不到廁所。那裡誠如配送青年所說，確實是個適合觀星的好地方。

姨丈雖然准許我們前往，可家裡依舊看不到他的身影，這種時候能夠依賴的還是小林先生。十月八日星期日，吃完晚飯，我們決定在晚上七點搭乘小林先生的輕型卡車出發。

米娜準備了一本新的筆記，在封面用粗大的字體寫著「賈可比尼流星雨觀測紀錄・一九七二年十月八日（星期日）」。我跑到圖書館，在套頭毛衣男的建議下，借閱了《星空的奧祕》、《彗星的祕密》及《追尋流星》這三本書，米娜讀過以後，將努力研究的成果總結成觀測計畫的前言。

一、觀測理由

流星如同下雨般落下的情形是非常罕見而美麗的。星星的時間遠比人類的時間還要來得漫長，如果錯過了，或許就再也沒有這樣的機會了。因此觀測賈可比尼流星雨勢必成為探索宇宙奧妙的珍貴機會。另外，星星是我們家重要的標誌，所以一定能像打開「FRESSY」瓶蓋一般，順利觀測到流星。

二、賈可比尼流星雨

彗星的碎片一旦飛進地球的大氣就會燃燒，形成所謂的流星。如果許多碎片伴隨著彗星軌道接近地球，就能看到宛如下雨一般的流星群，故名流星雨。賈可比尼流星雨的正確名稱是「賈可比尼·秦諾彗星」，以每十三年為一週期接近地球。

觀測方位北北西。星體愈接近夜半時分高度就愈低，因此適當的觀測時間帶為日落時分到午夜前夕。流星會由天龍座的頭部呈放射狀飛散。根據一九三三和一九四六年的紀錄，每小時就能記錄到超過數千顆流星。流星降落時既緩慢又輕巧，比起下雨更接近下雪的景況。

三、攜帶用具

觀測筆記、筆記用具、指南針、計數器、手電筒（包著紅色玻璃紙降低亮度）、攜帶式油燈、地圖、墊子、毛毯、懷爐、溫熱飲品、零食少許。

四、共同觀測者

朋子、小林先生、小豆子。

大家很自然地提出帶著小豆子一同前往的意見，沒多久便表決通過了。

「有小豆子在的話，也可以當保鑣嘛。」

「在黑暗中看到那樣的龐然大物，再壞的傢伙都會嚇到腿軟。」

「順便讓小豆子在奧池游泳如何？小豆子應該偶爾也想在大池子裡游泳吧。」

「是啊，小豆子，夜行性。愈晚愈有精神。」

大家你一言、我一語地表示小豆子是多麼適合同行。

我想應該不會有什麼壞人去觀測流星才對，況且萬一個性十足的小豆子和在庭園拍照時一樣礙手礙腳的怎麼辦？雖然我相當擔心，但終究沒有發表意見的餘地。

很不巧，十月八日當天是陰天。一大清早，米娜就頻頻跑到陽台仰望天空，尋找雲層的縫隙。電視新聞還播出有追星迷為了尋求最佳的觀星場所，不惜跑到北海道或東北、富士山或乘鞍的新聞，甚至還有跑到蘇聯伊爾庫次克的瘋狂追星迷。

等到出發時，米娜和我配備了比起聖母峰登山隊也毫不遜色的重裝備。夜晚山區十分寒冷，不管穿多少都不嫌多。基於這樣的觀念，米田婆婆、阿姨、羅莎奶奶三人輪流抓起手邊的衣物，統統穿戴在我們身上。長袖的法蘭絨襯衫配上毛線衣、連帽長大衣、毛料內褲、手套、滑雪靴、狐裘圍巾……完全無視樣式和配色的結果，米娜看起來就像一顆有大理石花紋的毛線球。

她們不止讓小孩穿上厚重的衣物，甚至對小林先生的裝備也有意見。小林先生從善如流，除了多穿一層襪子，還戴上了兔毛耳罩。

「那麼我們出發吧。」

小林先生在卡車架了一塊木板，誘導小豆子走上貨架，為了避免小豆子跌落，還在項圈與貨架的鉤子打上繩結。

大家都對特別的夜晚興奮不已，只有小林先生和平常一樣，保持冷靜沉著的神態。明明今晚就是本世紀最壯觀流星雨降臨的日子，他卻和送米娜上學、清理小豆子大便時沒兩樣。一個人默默檢查東西是否帶齊、保溫瓶有沒有蓋好、手電筒有沒有電之類的事項。

出發後不久，卡車融入了黑暗之中。坡道逐漸變得陡峭，注意彎道的標誌牌出現在車頭燈的光線中，旋即再度消失。車子漸漸來到不見人跡的地方，樹叢的陰影也變得更加濃密。中途，經過蘆有道路的收費站，親切的收費伯伯問道：「來看流星啊？」就在看到小豆子的一瞬間，整個人頓時目瞪口呆，找零的手還不停顫抖。

我額頭抵在車窗上，抬頭仰望夜空。雖然天空還沒出現流星，我已經在心裡許下了一個願望。

「拜託，千萬不要遇上星期三的配送青年。」

35

小林先生將卡車停在水池邊。下了車後，我馬上觀察附近是否有配送青年的貨車。四周籠罩在黑暗中，只有對岸的兒童廣場傳來些微人聲。

仔細想想，配送青年不可能開送貨用的卡車來約會才對，況且他私底下究竟開什麼車我也不可能知道。

「這一帶應該可以好好地觀星才對……小豆子，妳先乖乖待在這裡一下喔。」

小林先生輕輕地拍拍小豆子的腦袋，從車上拿下觀星用具、打亮手電筒，接著遠離兒童廣場一帶，進入了環繞池邊的樹林。我和米娜為了避免走散，穿得鼓鼓的身子緊靠在一起，跟隨小林先生的步伐。

若是在廣場，極有可能遇到配送青年，因此小林先生決定來樹叢這兒，判斷可說非常正確。

走了一會兒，眼前豁然出現長滿雜草的空地，不知小林先生是否早就知道有這個地方，只見他毫不猶豫地說：「嗯，這裡不錯。」說完便將手上的裝備放在地上。

我們藉著手電筒的光源拿出指南針找出北北西的方位，然後在地面鋪上墊子。

「小林先生先帶小豆子去玩吧，我們兩個在這裡沒問題的。」米娜說。

「是嗎，那我帶小豆子去池子泡個水。如果有什麼事的話，就吹這個通知我吧。」觀測筆記裡的物品清單雖然沒有記載這樣東西，不過小林先生還是在我和米娜的脖子掛上哨子。

「要是能看到流星就好啦。」自言自語說了這麼一句話後，小林先生重新戴好兔毛耳罩，回到小豆子的身旁。

只要躺在墊子上，觀賞風景的視野也變得不一樣。遠離了四周的黑暗，一片深藍色的夜空從昏暗的視野裡浮現出來。從身子底下飄來的泥土氣味和緩了亢奮的情緒，讓我們得以保持平靜的心情。就這樣靜靜躺了一會兒，總覺得聽得見樹林深處的樹木搖曳的氣息，以及魚兒在池面上彈跳的水聲。漸漸地，意識落入一種身體變得愈來愈渺小、夜空卻愈來愈近的錯覺。

米娜打開觀測筆記，左手握著計算流星數量必備的計數器，等待流星到來的那一刻。然而天不從人願，今晚的夜空烏雲密布，彷彿蓋了一層霧靄一樣灰濛濛的，偶爾雲層隨著風勢移動，才能從雲層的縫隙間看到一點星光。

「放心吧，反正有數萬顆流星，一定看得到的。」

「應該會穿過雲層落下吧。」
我們就這樣彼此給對方加油打氣。
「妳知道嗎？所謂的流星，其實是逐漸邁向死亡的星星喔。」米娜說。
「嗯？真的嗎？我還以為是在太空中旅遊的星星呢。」
「不是的，流星會發出漂亮的光芒是因為受到地球引力所吸引，和大氣摩擦燃燒所導致的。」
「是這樣啊。」
「也就是說，在我們陶醉觀賞時，流星就會燃燒殆盡，最後死亡。」
「是嗎……那就和火柴熄滅前火光變大一樣的道理嘛。」
「而且啊，替由岩石構成的地球帶來生命元素的正是彗星喔。因為彗星是冰晶構成的對吧，巨大的彗星撞擊剛誕生不久的地球，帶來了海洋的元素。」
「意思是，賈可比尼彗星裡，也有形成我們的成分在裡面嘍。妳為什麼知道呢？」
「圖書館的書都有寫啊，那不是朋子借來的嗎？我覺得朋子就像幫我運送書本的流星一樣喔。嗯，先不說這個，如果流星降臨的話，妳想許什麼願望？」
米娜躺在墊子上看著我，半邊臉龐埋在奢華過頭的狐裘裡，小林先生交付的哨子從胸口滑落。即使在黑夜裡，米娜的大眼睛依舊明晰可見。
「米娜妳呢？」
「那是祕密，要是告訴別人就不靈驗了。」
「妳好詐喔，那我也不講。」
「那就沒辦法啦。」
米娜將哨子放回胸口，重新緊握手上的計數器。

那時，米娜向賈可比尼流星雨所許的願望究竟是什麼呢？治好自己的氣喘？和配送青年有更進一步的發展？讓小豆子長命百歲？還是祈求姨丈能夠常回家呢？說不定，米娜所許的是我根本想不到、連錢仙也猜不透的祕密。

另一方面，儘管即將迎接百年難逢的機會，我卻沒辦法好好整理我想許的願望。當然，幾個小孩子的願望是有的，不過配送青年的事實在讓我掛懷。

遠方傳來了汽車接近的聲音，水池周圍還有類似踩踏草皮的腳步聲。「該不會是配送青年和他女朋友吧？」一點點風吹草動就讓我心驚膽跳。而且，還不能讓米娜發現我的異樣。比起尋找流星，留意他們的出現反而還比較勞心費神。

每當仰望夜空，腦子裡就會自動浮現兩個人依偎在一起、手指交握的身影。這時，我就會死命眨眼，將幻影趕出我的腦袋。
不管天空會降下多少流星，能夠達成的願望也只有一個吧。無論如何，那天晚上我只抱持著一個最真切的願望，就是希望不要撞見配送青年與女友約會。

「都沒有流星呢。」
「嗯。」
隨著眼睛慢慢習慣周遭的黑暗，從雲層縫隙間找到的星星也愈來愈多，似乎就連星光閃爍的節奏都能看得一清二楚。儘管如此，仍感覺不到流星即將降臨，唯有夜空橫亙在蒼穹之間。
「不知道流星出現之前有沒有什麼前兆噢。好比天空會像黎明一樣發白，或是發出『唰』的一聲之類的。」
明明只是躺著而已，我卻覺得愈來愈疲憊。
「不知道耶。不過像這種盛況，應該都是悄悄開始的吧。」
米娜反倒精力充沛。和耗費心力杞人憂天的我不同，米娜全心全意地面對廣袤的夜空。
這時候，池邊傳來了小豆子泅泳的聲響。那種動靜並不會破壞我們滿心期待流星的氣氛，反而形成一種深深融入寂靜的氛圍。從背上滴落的水滴、呼吸時膨大的鼻孔、短小的四肢悠閒划水的模樣在黑暗中若隱若現。就算看不到身影，也能清楚知道小林先生就在小豆子的身旁。

「要不要先休息一下？」我試著提議。

「嗯，OK。」米娜說著，從包包裡拿出油燈，用火柴點燃光芒。米娜放在大衣口袋裡的火柴盒，自然是那個拿著玻璃瓶收集流星的女孩圖案。

火柴在點燃的一瞬間釋放出橙色的火光，接著立刻轉為藍色的火焰在米娜的指尖搖曳。在火柴光芒照耀下，米娜的指尖看起來更加細小。耐心地等待火焰轉移到木棒後，米娜才將火苗移到油燈的燈芯上頭。彷彿在真正的流星降臨之前，米娜的手中就已經閃爍著流星的光芒。

我們一邊喝著米田婆婆放在保溫瓶裡的熱檸檬茶，一邊吃零嘴奶饅頭。雖然雜草上的露水潮濕冰冷，不過多虧了保暖的毛料內褲，我們一點也不覺得冷。

為了避免驚擾到準備就緒、似乎隨時即將降臨的賈可比尼流星雨，我們盡可能小聲地交談。就連吃奶饅頭也不敢發出咀嚼的聲響，直接含在嘴裡等融化後才吞下肚，休息時也不曾忘卻抬頭仰望夜晚的星空。

36

一九七二年的秋天，不知道為什麼，賈可比尼流星雨並沒有出現。

彗星的軌道和流星物質帶的軸線相左，導致流星物質減少，加上流星物質分布不均、通過地球的剛好是密度稀薄的部位……各種假說和推測應運而生，但到了最後，天文學家也無法確定原因。

當天觀測到流星的，只有北海道、長野縣霧峰、新潟縣彌彥村和大阪府能勢妙見山等地。而且數量不過二到六個左右，完全辜負了流星如雨般降臨的期待。

遠赴蘇聯的狂熱天文迷，即使沐浴在萬里無雲的恩澤下，依舊連一顆流星的影子都沒看到。

後來，隨著哈雷彗星和獅子座流星群接近地球，各地忽然掀起了一股天文熱潮，偶爾聊天還會提及七二年賈可比尼接近地球的往事。那時候家人買了第一架望遠鏡給我；我向喜歡的女孩告白結果被甩了；我根本不知道有這回事呢……各式各樣的人都有。

那是我有生以來第一次通宵，我說。那是藉由通宵讓我了解自己已經長大的一天。

「米娜，夜晚比我們想的還要漫長呢。」

「時間長得能讓聖誕老人走到各地送禮物了。」

「嗯。」

「一想到自己睡覺時經過了這麼長的時間，總覺得有點寂寞呢。」

泡完水的小豆子踩著滿足的步伐隨小林先生回來，帶著一臉「呼，泡完澡真舒服」的表情躺了下來。黑褐色的身軀和黑夜融為一體，唯一能夠證明牠存在的證據，就是尾巴輕撫小草的聲音。小林先生沉默地在小豆子的身邊坐了下來。

米娜闔上了觀測筆記。我們很清楚，再等下去賈可比尼流星雨也不會降臨了。清晨的曙光已在夜的邊境屏息以待，彗星就在無人送行的情況下孤獨地離開了我們。

「回家吧。」米娜說。

我、小林先生，還有小豆子都沒有反對。米娜試著按下完全沒派上用場的計數器。

「咦，壞掉了。」

不管怎麼按開始鈕，計數器的數字始終停在零的位置。

五、觀測結果

無法觀測賈可比尼流星雨。

加注這一行結果的筆記本以及壞掉的計數器一同放置在姨丈書房的桌上。儘管沒看到流星，我的願望還是實現了，這次的觀星活動，在沒有遇上配送青年的情況下平安結束了。

隔天的晚報，米娜在「世紀觀星秀落空」、「天文迷大失所望」等標題裡，發現了一則報導。

「十月九日，上午五點五十分左右。於新潟縣〇〇村A川支流的河床上，發現了崎玉縣△△市團體職員×島×夫（三十九歲）的屍體。根據發現屍體的當地民宿業者表示，發現時死者頭部受到重創，已氣絕多時。×島×夫於前天和友人一同至當地溪釣，在八日晚間十點表示要觀看賈可比尼流星雨，獨自走出民宿後直到隔天早上都不見人影。據研判應是觀星時不慎失足摔落河床致死。」

儘管因為睡眠不足而顯得搖搖晃晃，米娜依然一字不差地將整篇報導念了出來。就像哀悼追隨川端康成自殺的獨居老人一樣，餐桌上的眾人再度替那位職員獻上默禱。

蘆屋的夏天從大海來，冬天則正好相反，是由六甲山吹拂而來。雲層的形狀改變，吹動樹木的風聲愈來愈大，夏天的大海也隨之遠去。

十一月底，客廳的暖爐燃起了柴火。不消說，點燃木柴是米娜的職掌。

在賈可比尼彗星騷動過後的第一個星期三，配送「FRESSY」的並不是平日的配送青年。雖然一樣穿著工作服，卻和配送青年完全不同，是個愛說話的啤酒肚大叔。

「之前負責配送的那一位呢？」

「因為配貨路線更改的緣故，負責的地區也不一樣了。從這個星期開始就由我負責配送到府上啦，請多指教。」

「這樣啊。」

「像平常一樣只需要一箱就好了嗎？天氣變冷了，『FRESSY』的訂貨量也跟著下滑了呀。啊，當然可可亞和檸檬茶的銷路變好了，公司也賺了不少錢喔。現在景氣這麼好，真期待冬季的年終獎金啊。」

「真是令人羨慕呢。我們家不論盛夏隆冬，都是一週一箱『FRESSY』，麻煩你

貨口。

了。」

「好，知道了。」

大叔和米田婆婆一點也不在意配送青年的去向，就在廚房聊了起來。

米娜始終悄然站在卸貨口，為了能夠隨時收藏新火柴盒，米娜還穿了附有口袋的裙子。無緣一見的賈可比尼流星雨的話題在腦海裡空轉，整個人呆呆地注視著卸貨口。

我跑出售票亭，對著正要上卡車的大叔喊道：「之前的配送青年到哪去了？」

「不知道耶……大概換到別條配貨路線了吧。」

大叔一臉事不關己的態度。頂著啤酒肚擠上駕駛座，隨即揚長而去。米娜雙手插進空空如也的口袋，回到了自己的房間。

事情發展到這個地步，我覺得自己責無旁貸。我想，說不定是因為我向流星許願，才害得配送青年消失了蹤影。

米娜再也沒有提起配送青年。只是每到星期三，她一定站在卸貨口等待。也許米娜還抱持著「路線變更只是暫時的，可能很快就恢復了」的期待也說不定。但令人遺憾的是，每次她的期待都落空了。

心上人消失的打擊雖然不至於如此嚴重，但氣候改變，低氣壓報到，米娜的氣喘病再度發作，住進了甲南病院。

我決定到姨丈的工廠走一趟。與其優柔寡斷地枯等，事情不會有任何進展。如果去工廠，或許見得到配送青年，了解事情的來龍去脈。我想，我必須採取行動負起這個責任。

首先，我來到吸菸室。阿姨拿來尋找誤植的材料堆積如山，我從中找出了姨丈公司的宣傳雜誌。記得裡面應該有記載工廠參觀的簡介才對。剛好阿姨在醫院照料米娜不在家，我可以慢慢尋找。

每個月第二、第四個星期日，「FRESSY」工廠開放民眾參觀。下午一點，於阪神尼崎車站前，有直達工廠的短程巴士（免費搭乘）。參觀時間約一小時，並附贈禮品（「FRESSY」一瓶）。您想了解「FRESSY」的製作過程嗎？我們竭誠歡迎您的來訪。

阪神尼崎車站要怎麼去？我自己一個人去得了嗎？

我立刻動身前往圖書館。不會介入我和米娜之間的祕密、又能幫助我的人，除了套頭毛衣男之外不作第二人想。

「要去那裡不困難呀。」

運氣不錯，套頭毛衣男剛好在櫃台。

「帶著這個就不用擔心啦，裡面還有鐵路路線圖和設施索引。」

他借我一本《大阪．神戶詳細地圖》。

「圖書館也有地圖嗎？」

「當然有嘍。」

「但是，我從來沒有一個人離開蘆屋。」

「妳一定沒問題的。不管哪裡，只要妳想去就一定去得了。」套頭毛衣男如此說道。

37

從阪神尼崎車站出發的短程巴士駛離住宅街，跨越好幾座連接橋梁與河道。通過變電所、倉庫以及汙水處理場之後，車子繼續朝大阪灣的方向前進，不久就在左手邊看到「FRESSY」工廠。

短程巴士上洋溢著親子歡笑的熱鬧氣息，只有我獨自搭乘巴士，不過我並未感到不安。

正如套頭毛衣男所說的，要到阪神尼崎車站一點也不困難。只要搭乘前往圖書館的同一班巴士到阪神蘆屋車站，再轉搭往梅田方向的電車就能抵達。加上直達工廠的短程巴士，根本不必擔心會迷路。

手提袋裡放著套頭毛衣男借給我的《大阪．神戶詳細地圖》和宣傳雜誌，還夾在國語辭典裡、母親塞給我以備不時之需的兩千圓。我說服自己，現在正是所謂的「不時之需」，母親應該不會責怪我才對。

我告訴米田婆婆要去圖書館念書便出門了。米娜住院的事情令大家心神不寧、忙碌不已，因此米田婆婆對我的說詞不疑有他。

穿過警衛看守的大門，前方是廣大的停車場。那裡有配送青年平時駕駛、漆著星形商標的卡車。放眼望去，一輛接著一輛的卡車排成一列。在初冬陽光照射下，貨架上的「FRESSY」閃閃發亮，和遠方大阪灣的耀眼波浪交互輝映。

「天哪……」我不禁發出讚歎的聲音。只不過見識到停車場就這麼興奮的人，整輛巴士也只有我而已。

相當出色的工廠，是我的第一個感想。和姨丈的社長職務極為匹配的出色工廠。精密的機械井然有序地運作、各個角落都一塵不染、員工默默地專注工作。規模和數量都遠超乎我想像的龐大，同時又能有條不紊、細密精緻地運行。彷彿是集姨丈的不凡於一身的具體化象徵。

「大阪工廠占地十二萬平方公尺，面積相當於三座甲子園棒球場。員工總數約兩百名，每天生產九十萬瓶『FRESSY』。」

負責介紹的是一位身穿水藍色制服、脖子繫著一條星形圖案圍巾的大姊姊。聽著她的介紹往參觀路線前進，就可以在二樓的櫥窗俯瞰整個工廠的生產過程。一同搭乘短程巴士的乘客為了避免迷路，成群結隊地跟在大姊姊的身後。

「這裡是洗淨和檢查瓶身的區域。從客戶手中回收的玻璃瓶先以八十度的熱水洗淨、消毒，接著目視檢查瓶身是否有毀損。在那裡的洗瓶機是全日本獨一無二的最新機種，一次可以清洗九千八百支空瓶。另外，目視檢查員經過專業訓練，一分鐘能夠檢查兩百支瓶身。」

大姊姊臉上始終帶著笑容，自信滿滿的介紹語氣宛如機器開發和員工訓練都是自己的功勞一樣。大人紛紛佩服地點頭稱是，小孩則忙著將臉頰貼上玻璃，或是在參觀路線四處奔跑。

我實在好想對著眼前每個人大叫：真正有資格自豪的不是這個大姊姊，而是身為社長的姨丈才對。但我也同時感到不安，工廠這麼大，要尋找配送青年說不定非常困難。

「接下來請往這裡前進。各位左手邊有三個膠囊狀的水槽，這些是『FRESSY』的調合水槽。直徑兩公尺、高四公尺。您問裡面有什麼東西嗎？有拿來當作原料的糖、香料，還有酸味劑等等材料。裡面隱藏了『FRESSY』清爽可口的祕密，因此很抱歉，詳細的原料成分恕我無法再多做說明。真的是非常抱歉。」

將每次開口就會往後偏移寸許的領結扶正後，大姊姊解說的語氣愈來愈熱烈。

我仔細注視著機器周圍的員工。心想，或許在某些日子，配送人員也可能輪值工廠勤務。然而他們都穿著一樣的白色工作服、白色頭巾和白色長靴，根本分不清楚誰是誰。

「好了，接下來，『FRESSY』就要裝瓶了。輸送帶上的空瓶將一一運往飲料充填機，這台充填機擁有全日本最強的性能……啊，從這個角度可以清楚看到『FRESSY』裝入空瓶的情形。各位看清楚了嗎？機器只要順時針回轉一圈，幾乎瞬間就能將飲料裝滿。在充填機旁邊的是打栓機，也就是負責封上瓶蓋的機器。到了最後，還要經過目視檢查員的品檢。比起生產速度，清潔和安全更加重要。消費者能喝到美味的『FRESSY』是我們最大的喜悅，因此所有員工每天都兢兢業業……」

大家為了更清楚看到「FRESSY」封裝的過程，紛紛靠近玻璃。

儘管只隔著一層玻璃，一切看起來卻是那麼遙遠。從洗瓶機飛濺的水滴、天花板「小心頭部」的標示、目視檢查員專注觀察瓶身的姿態，彷彿是在我無法企及的祕密王國裡所發生的事情一樣。

不停運轉的機器聲響吸收了其他的雜音，產生了另一種不可思議的寧靜。聽不到白衣人多作交談，為「FRESSY」傾注全部的心力，活塞打出精準無誤的力道、齒輪間沒有分毫誤差、輸送帶永遠保持一定的速度。如同回應他們的專注與努力一般，「FRESSY」的瓶子整齊排列，等待機器輪到自己的時刻，最後封上瓶蓋還不忘自豪地晃動肩膀。

空瓶子一一運往機器，生產出一瓶又一瓶的「FRESSY」，永無休止。但工廠裡看不到任何一絲疲憊的跡象。在四周一片鐵灰色的機器裡，唯有淡藍色的「FRESSY」沐浴在陽光下，接受溫暖的祝福。

以前我總是毫不在意地拿起「FRESSY」就喝，根本沒想過製造「FRESSY」的工程竟是如此龐大、繁複。我為過去所做的無禮評價致上深深的歉意，同時也更尊敬身為「FRESSY」王國之王的姨丈。

「好了，各位。」大姊姊的聲音更加活力充沛。「在那裡的休息室準備了『FRESSY』和小點心，請大家慢慢享用。回程的巴士出發時間是三點整，兩點五十五分時，請在大門口集合。」

小孩子歡欣鼓舞地跑向走廊盡頭的房間。休息室裡為每個人準備了一瓶「FRESSY」，還有以紙盤盛裝的奶饅頭。

「該辦正事了。」我告訴自己。雖然很感謝大姊姊的好意，不過現在可不是吃奶饅頭的時候。

雖然沒有任何確切的根據，我還是決定離開休息室，到配貨卡車的停車場碰碰運氣。既然在工廠裡找人這麼困難，那麼唯一的線索就只剩卡車了。

我走下樓梯來到一樓，佯裝要找廁所的樣子繼續沿走廊前進，接著從員工專用的出入口走出工廠。穿過蓄水槽、堆高機，還有成堆的紙箱，來到了停車場。沿途雖然遇上了幾個工廠的員工，但確認不是配送青年後，為了避免有人問話，我趕緊低著頭快步前進。

停車場裡一個人影也沒有，難道星期日不需要配貨嗎？剛才進來時雖然沒有注意到，但是這裡停放的不止卡車，還有小型車、剛剛搭乘的短程巴士，甚至連摩托車都有。各種不同的車輛都按規定停放得整整齊齊，毫無例外。

在停車場一隅，我忽然發現了一間小型的組合屋。比「FRESSY」動物園的售票亭稍大一點，是一間單調平凡的小屋。

「車輛管理課」，門上的金屬板寫著這幾個字。房門並未上鎖，就這麼敞開著。

裡面有一張辦公桌、兩張鐵管椅和一組櫥櫃，室內看來有些陰暗。一本舊舊的大學筆記本隨意放置在桌面上。

筆記封面寫著「派車紀錄本」。

就在我慢慢伸出雙手，準備打開筆記本的瞬間……

「妳在幹啥？」耳邊傳來了沙啞的聲音。我嚇了一跳，發出了尖叫。

38

「妳到底在這幹啥？」聲音的主人語氣更不悅了。

「對不起、對不起。」

我趕緊把「派車紀錄本」放回桌上。

「對不起，我、我只是來工廠參觀的。」

「這兒應該不是參觀的地方吧。」

「是、是的，真是不好意思。因為我迷路了。」

我頻頻低頭道歉。聲音的主人以疑心更甚的銳利眼神注視著我。

這個人剛才到底躲在哪裡？一開始我偷窺這裡時，明明不見人影，他卻突然從櫥櫃的角落裡像蝙蝠似地出現了。

真是可怕的老人。即使已經習慣羅莎奶奶和米田婆婆的我，也不禁嚇得倒退一步。瘦小的身材和我差不了多少，額頭泛著黝黑的光澤，只有耳後長著稀疏的頭髮。因為工作服過於寬大，導致行動不便，鬆脫的門牙縫裡還發出「嘶——嘶——」的呼吸聲。

「小丫頭看這玩意兒覺得很有趣嗎？」

那個人揚起㞘斗下顎指了指「派車紀錄本」，胸前的名牌寫著「課長」二字。看樣子，蝙蝠課長已經看穿入侵者絕非普通的迷路小孩，要不然也不會用這麼冷冽的視線盯著我。該怎麼辦呢？我拚命思考到底該怎麼說比較有利。

「老頭兒我呀……」

我都還來不及想好藉口，課長已經開口了。

「我擔任這裡的課長，已經超過五十年啦。從前代社長經營時就從沒變過，一直掌管車輛管理課。妳可以去打聽打聽，這間公司裡沒人比我更清楚這座廣大的停車場。」

課長輕靠在辦公桌前，勉強蹺起一雙短腿。我默默點頭附和。

「從每一輛卡車的引擎聲到圍牆旁邊的雜草種類，我可是啥都曉得。就算只是一輛三輪車，也休想瞞過我的眼睛從這出入。」

「是、是。」我裝作佩服的表情說道。課長輕咳一聲後，抓抓所剩無幾的頭髮，頭皮屑在筆記本上簌簌落下。

停車場除了我們，依然感覺不到還有其他人，每一輛車也都安分地停放在定位上。雖然回程巴士就快開了，但都到了這個地步，如果就此退縮，那麼一切努力就會付諸流水。於是我鼓起勇氣開口：「那麼，不光是卡車，連駕駛卡車的人您也很清楚嗎？」

「當然哪。」

這次從牙縫間噴出了口水。

「將配貨員的駕駛技術、性格、執行勤務的狀況等等，經過統整後分配駕駛路線，將貨物安全送往目的地，正是車輛管理課的工作，也是我的使命。妳看看那個。」

課長將過長的袖口捲起，指著牆壁。牆上掛著一小塊黑板。

「寫著啥。」

「是，上頭寫著『七二八一日連續零事故』。」

「正是如此，到今天為止，我們公司已經連續七二八一日沒有發生事故了。所有配貨員都躲不過我的法眼，沒人敢看到我不打招呼就從我面前走過。」

「我們家每個星期三也有麻煩貴公司配送『FRESSY』。」

課長盯著我的眼睛充滿血絲，眼角積滿眼屎。

「本來是一個很年輕、人很好的大哥。可是最近卻換成了別人……」

「妳家在哪？」

「蘆屋。」

「蘆屋？喔，星期三的蘆屋．西宮北回路線嘛。啊，那個總是板著臉的配貨員吧，他已經不幹啦。」

「不幹了？」

「結了婚回鄉下去啦。」

「結婚？」

突如其來的發展讓我一時反應不過來，只好把課長的話複誦一遍。

「但是明明有這麼多卡車，為什麼不用看任何資料就能馬上確定呢？」

「還真是看扁我嘍。剛才我也說過了，只要是有關這座停車場的大小事我統統都知道，全部都記在這裡。」

課長自豪地敲敲自己的太陽穴。

結婚……對象一定是那個坐在蘆屋川邊的女子。不曉得配送青年是不是在賈可比尼流星雨來臨的那一夜，在奧池邊向她求婚，就在米娜手裡緊握計數器的那一夜……

我想起了米娜在醫院裡的面容，忍不住嘆了一口氣。這時候，我瞄到「派車紀錄本」打開的那一頁。上面的字跡和課長的外貌相去甚遠，乾淨整齊的文字沿著格線寫得密密麻麻。「〇月〇日，社長車：工廠↓堂島事務所↓江坂皇家公寓」、「〇月〇日，社長車：工廠↓物流中心↓江坂皇家公寓」、「〇月〇日，社長車：堂島事務所↓國際會議大樓↓新大阪飯店↓江坂皇家公寓」。

江坂皇家公寓是什麼地方？為什麼姨丈的車子總是開往那裡？

我的思緒愈來愈混亂，連自己為何會在這間組合屋裡都搞不清楚了。課長似乎對於能夠大肆吹擂一番感到相當滿意，於是從工作服的口袋裡拿出了香菸，用火柴點燃。

火柴？

我看著課長宛如蝙蝠翅膀般乾癟的淺黑色手掌，掌心裡握著一個火柴盒。那裡畫著我相當熟悉的女孩圖案，是拿著玻璃瓶收集流星的女孩。只不過她已經收集完畢，將每一支玻璃瓶緊緊拴好。

「課長先生，那個火柴盒可不可以給我？」

當我全力飛奔到大門口，短程巴士已經發動引擎準備出發了。一坐下來，我一邊調整呼吸，一邊打開《大阪．神戶詳細地圖》尋找江坂這個地名。果然就像套頭毛衣男說的一樣，確實有這個地名。從梅田車站改搭御堂筋線地下鐵，搭五站便可抵達。

既沒聽過也沒看過的城鎮，我單槍匹馬到得了嗎？光是來尼崎就令我提心吊膽了，改搭地下鐵這麼困難的挑戰我真的辦得到嗎？不，最重要的是，我到底想去那裡做什麼？

我緊緊抓著手提袋裡的火柴盒。可怕的蝙蝠課長竟然十分乾脆地說了一聲「拿去」，便將火柴盒丟給我，彷彿對於這個小盒子即將完成的使命非常清楚似的。如果真是這樣，那他自稱停車場萬事通可不是浪得虛名。

我的胸口一直響起套頭毛衣男的鼓勵，「妳一定沒問題的」。短程巴士一到阪神尼崎車站，我搭上了和蘆屋方向相反、通往梅田的電車。

梅田車站簡直是人山人海的迷宮。更糟的是我人生地不熟，為了換乘地下鐵，我足足問了十幾個路人。最後問到的婆婆似乎很擔心我的安危，牽著我的手直到售票口，還關心地問我：「妳有沒有帶錢哪？」

到了江坂以後，又開始反覆問路。「請問皇家公寓怎麼走？」

我不做他想，只是照著行人所指的方向前進。

我經過了郵局、骨科醫院，還有文化館。頭頂的天空被名神高速公路一分為二。江坂的市容和蘆屋天差地別，不但看不到青山，也感覺不到一絲大海的氣息，視野所及盡給人冰冷疏離的印象。

皇家公寓就在食堂和雜貨店林立的小巷子裡。那是一棟稱作「皇家」實在言過其實的公寓。玄關的花壇植物枯萎，陽台扶手鏽跡斑斑，後門的垃圾桶蚊蠅叢生。

但是我馬上知道那就是派車紀錄本記載的地方。因為姨丈的賓士車，那輛耀眼得令人炫目的賓士，就停在停車場裡。

39

我悄悄走近賓士車，回想起在新神戶車站第一次見到姨丈是多麼令我驚訝。姨丈靠坐在引擎蓋上，那修長的四肢、棕色的眼眸與車身線條完美協調的模樣，一一浮現心頭。制服店、法式焦糖薄餅、須磨海岸，許多回憶映照在賓士的車窗上，層層疊疊，轉眼即逝。

停車位的號碼是２０２號。我再次緊握手提袋走進公寓玄關，左手邊是整排信箱。公寓管理室的窗口拉起了布簾，趁著四下無人，我走到２０２號的信箱前。信箱上頭是一個女人的名字。

時至今日，我已經想不起那個名字。印象裡，並不是米娜或羅莎那樣特別的名字，而是隨處可見的平凡姓名。那一天午後是我唯一一次見到那個女人的名字。在那之後，我從未在蘆屋家中聽到，也不曾向任何人提起。

長久以來，我一直將這件事情當作祕密，以至於我不知不覺間認為說不定那一天所發生的事不過是一場夢而已。十三歲的我穿著母親縫製的無袖連身裙，孤單地站在江坂皇家公寓的玄關走廊。無可奈何的我只能眼睜睜看著202號室的信箱塞滿了破敗的酒鋪傳單。

我還記得，當時我對202這個數字感到一股憎惡的情緒。因為兩個2中間隔著一個溫和柔軟的圓，看起來極為要好地並排在一起。明明有203也有301，為什麼偏偏是202號呢？我忿忿不平地想。姨丈、賓士、制服店、法式焦糖薄餅、須磨海岸，乃至於剛剛在工廠體會過的感動，所有的一切都被202這個數字玷汙殆盡。那時的我懷抱著這樣的心情。

究竟為何做出這種舉動，我自己也無法解釋。我離去時，將印有工廠介紹的宣傳雜誌從手提袋裡拿出來，將阿姨找到的誤植畫上一個大大的圈，夾在賓士車的雨刷下。

回到蘆屋時，落日將盡。街燈紛紛亮起，新月浮現天空。我慢慢爬上回家的坡道，身心俱疲的我根本無暇回想自己經歷了多麼漫長的星期日，只是拖著沉重而疲倦的步伐走著。

彎過最後的轉角，看到了好幾個人聚在門前的影子。

「朋子!」

最先從成團影子裡跑出來的人是羅莎奶奶。奶奶舉起枴杖、拖著腳步不停呼喊我的名字。大伙兒跟在羅莎奶奶身後一一出現，沒多久就將我團團圍住。

「妳到底跑哪去了?這麼晚才回來，讓我們擔心死了。」

「跑去圖書館接妳，結果圖書館今天休館呢。」

「我擔心到心臟病都快發作了。」

「朋子，平安回來。這樣就好。」

阿姨一臉快哭的表情緊挨著我，就連向來都很冷靜的小林先生也顯得心神不寧。米田婆婆手裡拿著裝滿三明治的餐盤，激動地說:「來，快吃吧!妳肚子一定很餓了吧。」好像我不馬上吃下去就會暈倒一樣，讓我當場把三明治吃下肚。

看到他們的樣子，我才了解自己的行為令他們多麼擔心。聞到麵包與美乃滋的香味以後，我才發覺自己早已飢腸轆轆。

但是最讓我驚訝的，是圍繞著我的人影裡竟然有姨丈的身影。雖然姨丈帶著和平常一樣的笑容，卻讓我陷入了一種錯覺，彷彿在懷念的家族裡混進了一個我初次見面的對象。

擔心我晚歸的阿姨，完全料想不到我就在江坂的公寓附近徘徊，於是趕緊打電話尋求姨丈協助，而姨丈在我搭電車回來之前，老早就開著賓士回到了蘆屋。整起事件的經過直到稍後我才了解。

「在米娜住院時給大家添麻煩，真的很對不起。」

不過，沒有人肯聽進我的道歉。

「算了，先進來再說吧。」

「趕快先吃飯吧。」

「還好事情沒鬧到東京去，要不然可讓妳母親多操心了。」

「是啊，太好了。」

不曉得大家是否因為沉浸在安心的氣氛裡才變得這麼饒舌。每個人七嘴八舌地暢所欲言，根本沒有人願意聽我辯解。

為什麼那時都沒有人追問我究竟去了哪裡？既然說去圖書館的謊話已經被拆穿了，懷疑也是理所當然的。

當然，我已準備好了一套說詞。「因為學校的朋友邀我一起到梅田的百貨公司購物，我想拿母親給我的零用錢去玩，加上剛好米娜不在，我才會趁這個機會，真的很對不起。」但是多虧了大家對此不聞不問，我得以不用說出這種虛偽的藉口。

他們是否認為小孩子想念母親，所以跑出去散散心也是情有可原？或者純粹因為擔心我而感到心力交瘁，不願麻煩地多加追究？我也猜想過，該不會其實大家早就知道事情的真相了吧？因此只好當作朋子不小心誤入了無論如何也說不出口的禁地。

當天夜裡，我偷偷窺視姨丈的書房。

「嗨，朋子。」

家中安靜得令人難以想像才發生過那麼大的騷動。

「睡不著嗎？」

姨丈坐在沙發上看書。我搖搖頭。

「今天真的很對不起。」

「算了，沒關係。」

除此之外，姨丈沒有任何責難。姨丈舒適地蹺起二郎腿，將書本放在膝蓋上。

「就算再怎麼忙碌，我也會為了妳空出時間喔」，姨丈用這樣的眼神凝視著我。

腳底的地毯質地柔軟，燈光將房間的牆壁映照成米黃色，櫥櫃上擺放的座鐘秒針刻畫出時間的痕跡。窗戶外面，雕飾著葡萄花紋的陽台扶手在黑暗中隱隱浮現。

在更遠處，還能看到小豆子吃著小草的模樣。
我想不出來到底應該對姨丈說些什麼才好，如果繼續沉默下去，我很怕腦海裡會出現蝙蝠課長在派車紀錄本寫上「社長車→江坂皇家公寓」或是姨丈看著202號室信箱的身影。
姨丈的辦公桌上，放著賈可比尼流星雨的觀測筆記本和壞掉的計數器，還有圈著誤植的宣傳雜誌。我這才知道原來姨丈將它帶回家裡，沒有隨意丟棄。
「晚安。」我悄聲說道。
「晚安。」姨丈翻開了書本的扉頁。
就在步出房間時，我再一次回頭。「請幫忙修好米娜的計數器。還有誤植也是，麻煩了。」

米娜平安無事出院了。
「仔細聽好喔。」
我們在光線浴室的床上面對面坐著。
「在妳住院的這段期間發生了許多事情。」
米娜點頭。

「星期三的配送青年來和妳告別了。」

不停震動的光線溫暖著我們的背部。

「配送青年要輪調到遙遠的地方，再也沒辦法送貨來這裡了，但是他說絕對不會忘了米娜。現在配送青年也持續在別的城市配送『FRESSY』，只要他看到火柴，就會想起有一個很喜歡火柴盒的女孩。來，這是他在最後送給妳的臨別禮物。」

我把女孩拴緊玻璃瓶的火柴盒交給米娜。直到光線停止，房間陷入了一片黑暗，米娜依然凝視著那最後的火柴盒。

這時，我的耳垂忽然覺得一陣癢。我恍然大悟，啊，原來這就是天使的口信啊！現在天使一定在我的耳垂邊整理翅膀吧。

40

下學期結業式當天，我在拿到成績單回家的途中發現了米娜。就在我走下斜坡時，看到了米娜騎著小豆子的身影就在下方轉角處。

從小豆子圓滾滾的身體延伸出來的可愛四肢，一步一步登上陡峭的坡道。小豆子低著腦袋，偶爾無意識地嚼動嘴巴，眼睛盯著地面一隅。那雙眼睛儘管細小又呆滯，令人懷疑究竟看不看得清楚，但是每一步都非常踏實，走在柏油路面還會發出可靠的摩擦聲，黑褐色的肌膚渲染著經年累月完成使命的風霜。

米娜為了避免吸進冷空氣，以圍巾繞住口鼻，全身放鬆微微搖晃，完全沒有發現我的存在。裝著圍裙的小布袋放在膝蓋上，全身上下散發出只要有小豆子在什麼也不用擔心的安全感。

小林先生像平時一樣，手裡握著代替韁繩的流蘇，沿途注意坐騎是否太過搖晃、四周有無來車，既不多嘴，也不饒舌，始終秉持自己能力微薄的謙虛態度。因此在我們有困難時，小林先生總是陪伴在我們身邊，完成其他人無法達成的使命。

小豆子、米娜，還有小林先生三個人就像一支隊伍。一支協調、相輔相成又缺一不可的隊伍。

「朋子。」

米娜發現了我，小林先生也舉手示意。小豆子稍微抬起頭，揮舞尾巴，彷彿在說「還剩下幾公尺而已了」，默默地爬完剩下的坡道。

「朋子，成績如何啊？」米娜元氣十足的聲音響徹四方。

聖誕節來臨了。本來預定在母親的東京洋裁學校放假後，我們母女要一同回岡山過年。然而母親不巧感染了流行感冒，沒辦法回家過節。最後決定我的寒假也在蘆屋度過。但是這個消息所帶來的遺憾，隨著有生以來頭一回體驗美妙節慶的期待而消失得無影無蹤。更確切地說，我反而對得了流感的母親心懷感激。

聖誕節將近，各式各樣的店家車輛紛紛出現在卸貨口，他們運來了許多我從沒見過也沒聽過的東西。顏色特異的粉末、看起來像是附近摘來的成束植物、字母像花紋般排列的罐子、彷彿用於自然科學實驗的瓶裝液體……

每次我詢問這些東西的名稱，羅莎奶奶總會耐心地一一告訴我，但是複雜得讓人很難完全記得。青蔥、綠薄荷、雪莉酒、薑末、鯷魚、迷迭香……都是為了聖誕節準備的食材，每一樣東西都擁有獨特的魅力，和聖誕節十分匹配。

沒錯，負責張羅聖誕節料理的人並不是米田婆婆，而是羅莎奶奶。「聖誕節期間，終於輪到我露一手了吧」，羅莎奶奶帶著雀躍的心情站上廚房，渾身散發出料理負責人的威嚴，對米田婆婆、米娜和我下達各項指示。也只有在這段期間，米田婆婆和羅莎奶奶在廚房的地位才會完全調換過來。

配送的貨物中最讓我驚訝的，就是綑在園藝店卡車上運來的樅樹。宛如剛砍下來一般散發出新鮮的泥土氣味，枝葉上還殘留濕潤的朝露。我一開始甚至沒想到這棵樹是拿來當作聖誕樹的。

「呃，聖誕樹一般來說，不是用那種塑膠玩具充數嗎？」

在岡山，我們連那種塑膠假樹都沒有。

「為什麼要用塑膠的？沒那個必要。樹有很多啊。」羅莎奶奶若無其事地說。

園藝店的店員似乎每年都這麼做一樣，熟練地將樅樹豎立在客廳的鋼琴旁邊。

不單單料理，舉凡聖誕節的大小事都得仰賴羅莎奶奶的指示。從頂樓貯藏室拿下聖誕樹的裝飾品、束之高閣的銀器和附腳架的砂鍋以及紅色的桌巾，家中的燭台插上蠟燭，在玄關掛上聖誕花圈等等。

為羅莎奶奶完成這些工作的人正是姨丈。姨丈自從那個星期日就一直待在家裡，創下了我到蘆屋以來的最長時間紀錄。

而羅莎奶奶也忽然變得朝氣蓬勃，雖然不知是因為聖誕節還是姨丈在家的關係，總之氣色紅潤，聲音也變得宏亮，就連枴杖也常常成為代替指揮棒的工具。

羅莎奶奶成了家中眾人的依靠。從奶奶的一舉一動能夠感受到一股堅定的意志，她絕不允許自己搞砸難得的聖誕節。不管是細小的湯匙還是星星裝飾，任何細節都不輕忽怠慢，全心守護銘刻在聖誕節裡的幸福景象。

鑲餡雞蛋、烤雞、馬鈴薯泥、蔓越莓醬、西洋菜湯、水果雞尾酒、薑餅……道道佳肴都是我們在廚房親手製作的。不鏽鋼刀在光線照耀下綻放出銀色光芒，不停燃燒的瓦斯爐火焰一刻也不得閒，食物調理機更是恣意低吼咆哮。料理熱氣蒸騰、粉末翩然撒落，芬芳和甘甜的香味交融。廚房裡人聲、歡笑聲始終不絕於耳。

調理過程中最熱鬧的，莫過於在光溜溜的雞身裡塞滿餡料的時候。光禿禿的外皮是一粒一粒明顯的雞皮疙瘩，雙腳就像放棄掙扎似的由棉繩綑綁起來。

「年輕的雞，特別多汁。裡面空空的，肉鋪清理過了，可以放心。」羅莎奶奶對有點抗拒的我說。「就像這樣，朋子，從屁股的洞裡嘿咻嘿咻塞進去。」

米娜熟練而大膽的手法嚇得我倒退好幾步，腦海裡再度浮現出小豆子慣用的拿手好戲。米田婆婆攪拌著鍋裡的湯汁，咯咯笑了起來。

餡料是用牛肝、洋蔥、栗子、香草和奶油混合而成的。我忐忑不安地抓住雞腳，在心裡不停說著「對不起、對不起」。一邊道歉、一邊將餡料塞進雞屁股裡。米娜撫摸著膨脹的雞身說「好極了，看起來很好吃呢」，絲毫不介意手上沾滿油脂。

我和米娜壓碎馬鈴薯、挑出蟲咬的蔓越莓、製作薑餅的雛形。眼睛緊盯著烤箱的溫度、剝去水煮蛋的殼、切開綠薄荷的枝葉。光是參與烹飪的過程就能了解這些料理有多麼美味。

當然，我們也為了小豆子準備了特別的菜色，那是裝飾著南天果實（注一）的三層乾草蛋糕。

每完成一道料理，米田婆婆就會將料理捧在手中，讓羅莎奶奶品嚐味道。奶奶舀起一匙料理，放入口中咀嚼有聲，然後說：「好吃，合格了。Ausgezeichnet（注二）！」

注一：南天竹果實，色澤紅潤、渾圓如珠，亦可當作中藥材，俗稱「天竺子」。

注二：德文「優秀」之意。

一想到一九七二年的聖誕節成了羅莎奶奶的最後力作，我不得不感謝上天讓我有幸參與。搖曳在樅樹上的諸多裝飾、蠟燭的火光、親手製作的料理，還有包含祝福心願的小禮物。我所接觸到的一切統統飽含著羅莎奶奶的溫情。

羅莎奶奶和米田婆婆在米娜的伴奏下唱了許多聖誕歌曲，美妙依舊的歌聲讓大家如痴如醉。兩人歌聲長相左右，彷彿出生前就已經在一起似地緊密相連。要是聖誕節能永遠持續下去不知該有多好，我對著上天祈禱不可能實現的願望。

我沉沉地入睡了。酒足飯飽之餘躺進溫暖的被窩裡，本來應該安穩地迎接早晨才對。映照在朝陽下的聖誕樹想必漂亮極了。早餐就把剩下的薑餅沾牛奶一起吃吧。我在睡夢中想著這些美好的事。

然而，當我醒來時，外面還是一片昏暗，一時間還搞不清楚自己為何會清醒。不一會兒工夫，我才意會到是防盜警鈴響了，警鈴聲撕裂了耳膜、黑暗和聖誕節的氣息，響徹家中的大小角落。

41

「大家趕快起來！」接著傳來姨丈的聲音。「米娜、朋子，隨便抓件衣服趕快出來！」

這時候警鈴仍舊響個不停。我爬出被窩試著打開房間的電燈，但家裡似乎停電了，不管怎麼按開關，房間還是一樣昏暗。

「朋子，在這裡。慢慢來就好，別急。」

我朝著聲音的方向沿著牆壁往走廊前進，這時看到米娜已然在姨丈的懷裡，瑟縮的身體輕微顫抖。

姨丈擁著我們來到一樓。玄關大廳裡，阿姨、羅莎奶奶還有米田婆婆站在一塊兒，大家都穿著睡衣。

「在上風處應該沒什麼問題才對。不過為了小心起見，還是先到外面看看情況再說。」

「老公你呢？」

「我整理好貴重物品後馬上就過去。」
「沒問題嗎？你可得快點來呀。」
「我知道，妳放心吧。好了，大家趕緊跟著媽媽走，小心別跟丟了。」
除了下達指示的姨丈以外，沒有一個人開口。米田婆婆拿出大伙兒的鞋子、羅莎奶奶將髮網重新戴好。離開玄關之前，我回頭朝門內一瞥，幾個小時前還金碧輝煌的聖誕樹已然成了淹沒於黑暗中的陰影。
不知為何，外面反而比家裡還要明亮。明明玄關失去了照明燈，天空也看不到皎潔的月光，不過黑暗的遠方卻染成了令人沉醉的橘色。簡直就像遲來的賈可比尼流星雨全部集中在一起燃燒似的。
「看樣子發生山林大火了。」米娜小聲地說道。
我們打開大門，來到北邊的道路。附近鄰居也有好幾個人站在路口的兩端，不安地看著火災現場。雖然還是能聽到家裡警鈴的聲音，不過很快就被消防車的警笛聲蓋過。
「火勢應該不會延燒到這兒來吧？」
「很難說，如果風向改變的話可得當心啊。」

「該不會是意外造成的吧？」

「最近新聞也有發布注意氣候乾燥的警報呢。」

附近鄰居聚在一起議論紛紛，我們只是靜靜傾聽。彷彿告誡自己必須遵守姨丈的吩咐，不得隨意行動一般，我們一直以阿姨為中心緊緊依偎在一起。

火災發生的地點是在中學對面東北角的山地。火焰時時刻刻變換形狀、吐出濃密的煙霧、散落星火灰燼。望向灰暗的夜空，四處找不到任何光亮，唯獨祝融肆虐處熊熊燃燒。火舌時而掠過地面、時而往高空飛舞，顏色慢慢變得愈來愈深。如同觀看著久遠夢境的再續，又好似宅邸即將受到波及。

米娜絲毫不介意羊毛衣從肩上滑落，只是目不轉睛凝望著山林大火。帶著橘色光芒的眼眸和風中的火舌一同搖擺。那是比她過去所點燃的都要來得龐大而狂亂的火焰，就算包覆米娜的全身也還綽綽有餘。

「爸爸應該沒問題吧。」阿姨一個人擔心地自言自語。「噴發出這麼多灰燼……」

「消防車來了，馬上就會滅火。有很多籬笆，火不會燒到家裡。沒問題。」羅莎奶奶回答。

「是啊、是啊。」米田婆婆信心滿滿地點頭。

但是不論再怎麼安撫，仍然改變不了火勢延燒的事實。遠處只能聽到消防車不斷鳴放警笛，我們所在的位置卻看不到消防隊如何滅火。警笛聲中偶爾夾雜著樹木「啪嘰啪嘰」燃燒的聲響，灰燼也隨著風勢在空中恣意飄盪。

「妳們不覺得爸爸動作太慢了嗎？貴重物品根本無所謂，現在應該趕緊搭車下山才是。」阿姨的聲音顯得有些嘶啞。「我去叫他過來。」

就在阿姨打算回家時，羅莎奶奶攔了下來。

「爸爸，不會亂來。他一直是對的。在這裡等的約定，只要遵守就沒問題。」

我們為了消弭心中的不安，彼此的身體貼得更緊密了，阿姨抓著羅莎奶奶的手腕、羅莎奶奶抱住米娜的肩膀、米娜抓著米田婆婆睡袍的腰帶、米田婆婆的手掌貼著我的後背。儘管夜露風寒，我們卻一點也不覺得冷。

「哎呀，讓妳們久等了。」

這時候，姨丈終於走出玄關。一反眾人的慌亂不安，姨丈換好了西服，連頭髮都整理過了。我們趕緊跑向姨丈圍住他。我緊緊抓握住姨丈的皮帶。

總算可以安心了。只要大家守在一起，什麼也不必怕。阿姨也可以安心了，我絕對不會放開皮帶的。我想。

「從二樓的陽台往外看，其實火災現場離我們家還滿遠的呢。雖然我認為應該用不著這麼大費周章，不過還是做好了到深江避難的準備。好啦，各位，我們上車吧。」

姨丈說得好像要去郊遊野餐一樣輕鬆。

「嗯，那是哪裡啊？很遠嗎？」我緊抓著皮帶問道。

「開車的話要不了十分鐘的。因為是公司的單身宿舍，所以不用擔心。」姨丈溫柔地回答。

車子離開火場可見範圍以後，心情就真的像在郊遊野餐一樣了。我和米娜坐在超載的賓士裡，對短程的兜風感到非常興奮，即便到了單身宿舍也興致勃勃地四處張望，甚至忘了對半夜特地出來迎接我們的管理員道謝。

能夠一起在單身宿舍這種特殊場所的上下鋪就寢，我和米娜開心得根本睡不著，連剛才的恐懼也忘得一乾二淨。剛好大人都在管理室的客房裡休息，我們就在上下鋪聊了起來，簡直就像第二場聖誕派對一樣。最後我們一致認定，也許山林大火是聖誕老人送給我們的另一種聖誕禮物。

隔天清晨，一行人趕回蘆屋，儘管造成了那麼大的騷動，火災的損害卻沒有想像中來得嚴重。除了一部分的山地變成焦土以外，山頂附近依然寧靜地籠罩在清晨的白靄裡。民房完全沒有受到波及，刻意避難的似乎只有我們一家而已。周遭的鄰居紛紛灑掃上班，和平常沒有兩樣。

警鈴聲早已靜止，電力也恢復供應，米田婆婆急忙準備早飯。餐桌依舊鋪著紅色的桌巾，融化在燭台上的蠟液也凝固了，裝飾在聖誕樹頂端的銀色星星沐浴在朝陽下閃閃發光。姨丈、米娜和我三個人仍然不放心，分頭檢查庭園裡有無任何異常之處。

最先發現異常的人就是米娜。

「小豆子！」米娜的尖叫聲響遍整座宅邸。

小豆子猶如躺在水面般漂浮在池裡。因為平時牠看起來總是少根筋的模樣，乍看還以為是游泳的姿勢錯了才會搞成那樣。我們試圖說服自己一定是這樣沒錯。

「小豆子。」米娜這次改用平時討好牠一起玩的溫柔語氣呼喚著。然而小豆子還是一動也不動。原本成日不停嚼動的嘴巴成了半開的模樣，一向充滿活力的尾巴也疲軟地垂落。

「小豆子，妳到底怎麼了？喂，快點來我這裡。」

米娜雙膝下跪，不停拍打水面。然而小豆子的身體只是一味隨著波紋搖晃。

我們三人只能呆站著。池塘邊還留著昨夜吃剩的禮物——乾草聖誕蛋糕。一粒南天的果實滾落在草皮上。

42

「小豆子是壽終正寢啊。牠一歲時就從利比亞來到這裡，算算今年已經是三十五歲了。換算成人類的話也是年事已高的老奶奶，走得很安詳啊。」

天王寺動物園的獸醫先生輪流看著我和米娜。

「是因為山林大火的關係嗎？」

米娜的嘴唇因為寒冷而發白。

「不，這兩件事沒有關係。小豆子並不是因為吸進太多煙霧，也不是被高溫熱死的。說起來，火災、聖誕節還有小豆子過世，只是剛好撞在一起罷了。」

「可是，說不定是被消防車的警笛或大火嚇到才溺斃的。」

米娜的視線一直緊盯著自己的雙腳。

「小豆子溺水？這是不可能的。小豆子在這個水池游得是多麼悠然自得，這一點妳應該最清楚，不是嗎？」

獸醫先生搭著米娜的肩膀。就在不久前，聽過小豆子心跳停止的聽診器在獸醫先生的脖子上隨風搖擺。米娜為了忍住淚水，緊閉雙眼默默點頭。

「牠走的時候有任何痛苦嗎？」我代替米娜詢問。

「身體既沒有一絲傷痕，眼睛也很清澈，哪裡有痛苦的跡象呢？妳們看，牠看起來不就像在睡夢中蒙主寵召一樣？」

安放在池邊的小豆子，四肢安心地在草叢裡伸展開來，斗大的鼻孔微閉，臉龐面對著旭日的方向。圓潤的身體上水分尚未乾涸，發出閃亮的光澤。不知道小豆子覺得乾草蛋糕好不好吃？看著牠微微膨脹的肚子，似乎隱約看見膚色的奶頭。那時我才第一次知道，原來小豆子也有奶頭，還沒有生過一頭小河馬，一次也沒被含過的奶頭。

一想到這裡，我忍不住哭了。

小豆子在天王寺動物園火葬納骨後回到我們的身邊。曾經載著米娜、威風八面的小豆子，如今只剩下米娜雙手就能掌握的大小。

我們聚集在楊梅樹下的「FRESSY」動物園之墓，小林先生拿著鏟子挖出深深的墓穴。

「這樣差不多行了……」直到姨丈開口為止，小林先生額頭流著汗水，默默地持續揮動手中的鏟子。

大家靜靜聽著挖掘土壤的「沙沙」聲響。

米娜在洞穴邊雙膝跪地，努力伸長雙手將骨灰罈放在洞穴底，身上的裙子沾滿了泥土。

「不久以後，我也會去那裡的，等我一下。」

「是啊，很快又見面了。」

羅莎奶奶和米田婆婆互相倚靠，朝小豆子撒上一把泥土。二老的泣訴聲如同二重唱一般調和交融，乘著清風飛舞在墓塚之上。

「最後讓妳自己一個人孤孤單單的，對不起……」阿姨語畢，雙手掩面。

「已經和車掌三郎相會了嗎？大家可要好好相處啊。」

姨丈雖然想要展現平時的微笑，卻一直不怎麼順利，只好低著眼睛輕撫阿姨的背。

「謝謝妳，小豆子，感謝妳陪伴了我這麼長的時光。」

小林先生彷彿受到了重大的打擊，一瞬間蒼老許多，握住鏟子的雙手也變得赤紅腫脹。

我抓起腳邊的一把土，緊緊握在手中。天空晴朗，陽光普照，楊梅樹的葉子在腳邊落下各式各樣的影子。庭園裡，失去主人的池塘寂靜無聲，假山的巢穴顯得空洞黑暗；庭園外，六甲山回復了原本的面貌，海面的水平線遠在天邊，四周聽不到外界的一絲雜音。我把用自己體溫溫熱過的泥土像絲線一般撒落在小豆子身上。

米娜強忍著淚水，帶著又似憤怒、又似悔恨的表情凝視墓穴。

「再見了，小豆子。」從頭到尾，米娜只說了這麼一句話。

小林先生拿著鏟子填平了墓穴，將墓碑歸回原位：「FRESSY動物園的伙伴長眠於此」。

短暫的新學期幾乎都在忙著供養小豆子以及準備搬回岡山的轉學手續。新年剛過不久，小豆子的水池填平了，裝設濾水器的小屋也拆除了。業者的怪手和卡車開進庭園裡，小林先生在前方指揮，整個工程只花了兩天半就結束。這下子，「FRESSY」動物園真的曲終人散了。

看著原本的水池填滿全新的黑土，過去小豆子曾經在那裡濺起水花、悠然漂浮的景象如同幻影般遠離，實在令人難以承受。儘管米娜和我沒有說出口，心裡卻非常懊悔。為何發生山林大火的那天晚上，我們竟然沒有人關心小豆子的安危？別說關心，我們甚至丟下小豆子坐車避難，還只顧著興奮玩耍。不知道小豆子是抱著多麼不安的心情，仰望著沒有月亮和星星的夜空。小豆子陪伴我們度過這麼多歡樂的時光，我們卻完全沒辦法報答牠。一想到這裡，悲哀的思緒再也找不到宣洩的出口。

工程結束後，小林先生坐在墓前雙手合十默禱了好長一段時間。不光是小林先生，家中失去了出口的每一個人都在家事或是念書的空檔、出門工作的前夕、午後寂寞的時刻來拜訪墓地，然後待上片刻。偶爾撿一些小豆子喜歡的樹果來到墳前，卻每每發現墓碑下早已供奉了南瓜種子或蘋果。

即使是開朗的姨丈也因此失去了活力的光采，畢竟小豆子是姨丈十歲的生日禮物，會如此消沉也是理所當然的。話雖如此，也只有姨丈會在這種時候開導大家應該節哀順變、滿懷感恩的心，然後快樂地告訴我們米娜所不知道的小豆子趣談。

放在書房桌上的計數器已修妥，壞掉的東西也全部整理得乾乾淨淨，不過姨丈這回卻是每天回家。姨丈和202號室的女人究竟怎麼了，我當然無從確認。只不過，我夾在賓士雨刷上的宣傳雜誌一直放在書桌上。姨丈彷彿無言地承認自己犯下過錯並且聲明決心痛改前非似的，始終將阿姨發現誤植的那一頁攤在書桌上。

新學期開學典禮的早晨，米娜提起裝著室內拖鞋的手提袋，在大人目送下和我一起走出玄關。雖然蘇鐵樹前的門廊再也沒有小豆子的身影，卻不見米娜感到不安。米娜毅然決然地抬起頭，平靜地說：「我出門了。」

在場沒有一個人說出「慢慢走就好，別太逞強」之類的多餘絮叨，只說了一句：「路上小心」。

米娜靠著自己的雙腳走往學校的方向，一場只有她一個人的行進。我目送著米娜，直到那瘦小的背影消失在下坡的轉角。

「我今天是來還這個的。」我把借書證放在櫃台上。套頭毛衣男一臉不能理解的表情。

「我三月就要搬走了。因為家裡的因素，要回到岡山去。」

「這樣啊……」

套頭毛衣男穿著我們第一次見面時所穿的套頭毛衣。那件衣服就像當初一樣，依然舒爽白淨。

「這段日子真的很感謝你。」

「真可惜，不能再和妳聊書本了呢。」

套頭毛衣男低頭看著我的借書證。只要從第一行的《睡美人》往下看，兩人間跨越櫃台交流的回憶就會一一甦醒。語帶稱讚時所露出的微笑、照亮側臉的燈光顏色，還有指著書架的手勢統統歷歷在目。

「蘆屋最聰明的中學生要離開，對圖書館來說真是一大損失。回到岡山，妳也要多多借閱書本喔。」

「是的。」

「這個就不用還了。」套頭毛衣男將借書證交給我。「讀什麼樣的書，也是一個人如何活著的證明。這，是屬於妳的東西。」

我微微點頭。

「我想，等到春天的時候，我的朋友應該就會來申請新的借書證。你一定能一眼認出她才對，個子嬌小，眼睛和頭髮都是棕色，而且還是蘆屋真正最聰明的少女，名字叫做米娜。」

「嗯，我知道了。我會期待她到來的。」套頭毛衣男如此說道。

43

二月結束，進入了積雪的時節。傍晚起降下的霜雨似乎在我們睡覺時凝結成積雪，早上醒來時，庭園的風景完全改觀。迷你列車的路線、小豆子的假山、「FRESSY」動物園的墓塚，統統由白雪覆蓋。

我和米娜只在睡衣外面穿上一件外套，隨即飛奔到還沒有人碰過的新雪上，用自己的足跡描繪喜歡的圖案。四周風平浪靜，天際萬里無雲，冰凍的空氣刺痛著臉頰。兩人光是在雪地上踩出腳印還不滿足，索性躺在上面滾來滾去，每次滾動，冰晶就會飛舞在半空中，在旭日照耀下晶瑩剔透。

躺在雪地上理應很冷，背上傳來的卻是溫暖的觸感。我這才發現，原來這一帶是之前小豆子的池塘。

「感覺好像騎在小豆子背上呢。」米娜很舒服似地閉起眼睛。

「是啊。」我模仿米娜的關西腔。

「不對，不對。語調完全不對呀。」米娜馬上指出我的錯誤。「而且朋子一次也沒騎過小豆子不是嗎？」

「是啊。」我試著再說一次。

「果然哪裡怪怪的呢。」

米娜開懷地笑了。彷彿想多體會一下小豆子的觸感，在雪地上滾了起來。

「哎，妳們兩個人怎麼只穿這樣。」

米田婆婆戴著圍巾、毛線帽還有手套，步履蹣跚地跑了過來。

「好了，不快點保暖怎麼行呢。」

米田婆婆的腳步聲朝著我們的方向愈來愈近。

「米田婆婆，我們在這裡。」

米娜和我一同揮手。

那一年冬天，不受冷氣團與低氣壓的影響，米娜一次也沒有住院。儘管氣喘發作了幾次，還感染了腹痛和流行感冒，不過都只靠著藥物治療便安然度過。

終於，春天來臨，米娜氣喘發作的次數愈來愈少。夜晚，隔著牆壁傳來的咳嗽聲伴隨著睡意逐漸平息，喉嚨發出的風吹聲也像幻聽一樣，已經很久沒聽過了。

蘆屋的春天宛如環抱整個城鎮一樣，從群山與大海包夾而來。覆蓋六甲山山頂的冷空氣消散了，山上的綠意更添溫暖的色澤，小鳥的啼叫聲也變得不同。與此同時，海面上籠罩著美麗的彩霞，水平線變得柔順和藹，浮現在海上的船隻數目也隨之增加。

季節經過了一回輪替。我回到岡山的日子定在三月二十四日星期六。

「接下來妳要怎麼收集火柴盒呢？」

米娜被我這麼一問，只發出「嗯……」的聲音，找不到適當的回答。光線浴室的光線照樣發出嘎吱嘎吱的運轉聲，維持著一定的速率旋轉。

「如果在岡山看到不錯的火柴盒，我再寄給妳吧。」

米娜低著頭拒絕了我的提議。「我已經有很多火柴盒了，太貪心的話床底會塞滿的。」

的確，火柴盒之匣的數量已經多到無法全部藏在床底下。

「我下個月就是中學生了，星期三的大哥哥也不會再來了，我想就這樣停下來也不錯。」

米娜的襯衣看起來似乎變得比較小了。雖然胸部沒有變化，不過露出裙襬的大腿變得比較豐滿，原本鬆垮垮的內褲現在也大小適中地貼著屁股。

「不過，妳可不能把那些辛苦寫出來的故事丟掉喔，我可是忠實讀者呢。」

「既然朋子這麼說，我會好好保存的，我會把它們裝在紙箱裡，在外面寫上『只被唯一一個讀者閱覽過的故事沉眠於此』，然後放在頂樓倉庫的嬰兒車裡面。」

這時候，大人們在客廳裡的歡笑聲連在光線浴室都聽得到。從東京洋裁學校順利畢業的母親為了迎接我，第一次來到蘆屋。直到二十四日為止，預計停留三天，享受和女兒以及親妹妹一家久別重逢的喜悅。從新神戶車站把母親載來這裡的，依然是姨丈的賓士車。踏進玄關時，她的反應和一年前的我完全一樣。

「岡山離這裡很近對吧。」米娜說。

放射光線的燈泡每次震動，背上的伊斯蘭圖案便會跟著搖晃。

「嗯，搭新幹線只要一個小時。」我答道。

「這樣子隨時都能來嘍？不管是暑假還是寒假？」

「當然嘍。」

接著再度傳來更加爽朗的笑聲。許久不見的好姊妹，就算聊再久也不夠吧？

黑色的大理石壁爐、公主床、豪華吊燈、波斯地毯、彩色玻璃……母親感到驚訝的東西幾乎和我毫無二致，唯獨無法看到小豆子這一點和我不同。我和米娜比手畫腳輪流說明小豆子的外貌、性格，乃至於每天走到學校的樣子，母親只是一股腦兒地發出佩服的歎息。

感佩完了後，母親向眾人低頭道謝：「這段時間，朋子給各位添麻煩了。」

就在這時，姨丈、阿姨、羅莎奶奶和米田婆婆異口同聲地說「不會麻煩啦」、「她一直都很乖啊」、「她是米娜的好姊姊、也是最要好的朋友呢」、「就是啊，真希望她能一直留在我們家」……

米田婆婆都快哭了。

「米娜也可以來岡山玩喔。雖然是和這裡沒得比的小房子，不過我們還是可以一起在書房打地鋪。」

相對於客廳的喧鬧，光線浴室的靜謐顯得深沉許多，我們談話的聲音緩緩融入橙色的光線裡。

「搭新幹線應該不會暈車吧？」

「放心，新幹線不會排放廢氣的。」

「這樣啊，說的也是。」

米娜安心地翻過身去。

一直到二十四日為止，我們反覆討論岡山和蘆屋的距離有多近，或是新幹線是多麼舒適的交通工具之類的話題。

不管是我還是米娜，都絕不開口說再見。
終於，計時器歸零，光線浴室只剩下油燈的照明。
「如果不嫌棄的話，我想把這個送給朋子當禮物。」
米娜從放在籃子的裙子口袋裡拿出一樣小東西，我聽到沙沙的聲響立刻明白那是火柴盒之匣。打開吸入式氣喘藥的匣子，裡面收納著兩個「以玻璃瓶收集流星的女孩」系列火柴盒。
「可是，這是妳最重要的……」
米娜忽然打斷我的話。「我能夠送給朋子的，也只有這個了。」
我們坐在床上，一起閱讀最後的火柴盒故事。大人們忙著聊天，就算我和米娜一直待在光線浴室也沒人覺得奇怪，我們倆得以盡情享受兩人世界。

很久很久以前，有一個非常想知道死亡是怎麼一回事的女孩。人死了以後是不是就此消失了呢？女孩試著想了一下。一想到自己會變成那樣子，心情就相當浮躁。
熱心研究的女孩收集了許多殘骸來觀察。晚餐吃剩的魚眼珠和雞腿的骨頭、乾燥的壁虎、蟬蛻、枯萎的玫瑰、腐敗的橘子、指甲和過期的乳酸菌。

女孩把這些東西藏在床底下，等到夜深人靜，大人都沉沉入睡後，再一個一個拿出來觀察它們如何消失。

然而，無論女孩等了多久，消失的時刻始終沒有來臨，唯獨形狀漸漸改變而已。有的東西變得黏稠、散落，甚至發出惡臭。床底下不知不覺間塞滿了這些東西。

就在這時候，女孩從書本得知，原來流星是逐漸邁向死亡的星星。因此女孩準備了所有能找到的玻璃瓶，把墜落的流星統統收集起來、然後深怕它們逃跑似地將瓶口拴緊。

啊，這樣一來總會消失了吧，將玻璃瓶高舉到半空中的女孩心想。因為瓶中是如此清澈透明、安靜無聲，而且沒有發出任何氣味。不過當女孩試著搖晃一下瓶身，這才發現瓶子底部有一滴露水，再仔細一看，那滴露水映照著自己的臉龐。那張臉孔始終凝視著自己。

女孩終於明白，死亡並非完全的消失。

這個世界上所有物質都不會消失，只是變化為不同的形態而已。

女孩稍稍鬆了一口氣。一想到自己死後會變成像昆蟲的空殼或是流星的模樣，就覺得能夠安安穩穩睡上一覺。女孩安心地鑽進隱藏著許多殘骸的床裡。

44

儘管我們在離別前一直互相討論蘆屋和岡山是如何近、新幹線不會排放廢氣，或是隨時可以來玩之類的話題，但是在那之後的三十年間，我和米娜見面的次數卻是屈指可數。

當然，這並不代表我們疏離了，只是時間流逝的速度遠比小時候所想的要快上許多。

或者反過來說，任憑時間流逝、相隔的距離愈遙遠，在蘆屋和米娜共有的回憶就會更加鮮明、濃密，在心底根深柢固。

可以說，那幾乎就是我記憶的支柱。

從米娜手中拿到的火柴盒之匣、蘆屋市立圖書館的借書證、在庭園拍攝的紀念照，現在也都妥善收藏在我手邊。每當失眠的夜晚，我就會打開匣子、重讀收集流星的女孩。回想起那個星期日，單槍匹馬到「FRESSY」工廠，從長得像蝙蝠的老人手中拿到火柴盒，尋找江坂皇家公寓的冒險。彷彿只要這樣做，自己就能受到過往的時光守護。

我回到岡山後，第一次和米娜重逢是在一九七四年的冬天，米田婆婆的葬禮上。

在一個特別寒冷的夜晚，米田婆婆如同往常一樣關閉家中的門窗，對大家說了聲晚安，鑽進被窩裡以後就此不再醒來。

沒有勞煩任何人，一個人獨自踏上了旅途。

出席葬禮的只有姨丈一家、小林先生、我和母親，還有社區自治會的幾個人而已。雖然人數不多，但每一個人都打從心裡感到哀戚。米田婆婆完成的職責何其偉大，在這份偉大的面前，眾人無不低頭默哀。

唯一的救贖，就是羅莎奶奶的心已經迷失在無法理解米田婆婆死亡的世界裡。整個人小了一圈的羅莎奶奶坐在輪椅上，始終保持微笑。不管是和她握手打招呼，或是在手掌寫朋子二字給她看，奶奶還是一臉不認識我的模樣。

米娜說，奶奶已經退化到只能開口說德文，唯獨米田婆婆能用日文和羅莎奶奶溝通。這種不可思議的景象彷彿證明兩人是真正的雙胞胎姊妹一般。

棺木裡放入了各式各樣的東西，米田婆婆愛用的圍裙、煉乳、回函明信片、原子筆、照片與鮮花。羅莎奶奶觸摸米田婆婆緊閉的雙眼，微笑著將草帽和平底帽輕輕放了進去。

我和米娜手牽著手，一同目送米田婆婆成為冉冉青煙、緩緩飄向天際。但是米娜的手已經不再像小鹿斑比那樣纖細了。站在須磨海岸哭泣、拚命幫男子排球隊加油、從配送青年手中接過火柴盒時幾乎就快斷掉的顫抖小手已經不見了。她的手充滿了即將掌握未來的巨大力量。

隔年夏天，羅莎奶奶靜靜地跟隨米田婆婆的腳步踏上旅途。米娜從中學畢業後旋即飛往歐洲，就讀瑞士的寄宿學校，之後在法蘭克福大學主修文學，任職於貿易公司及大使館。三十五歲時，於科隆(注一)成立版權代理公司，負責代理日本與歐洲文學作品的譯著。公司成立的時間恰好是發生阪神大地震的那一年。

這段日子裡，不管姨丈的公司被大型飲料製造商收購，或是蘆屋的宅邸轉手他人，米娜都沒有回到日本。

曾經只能騎著小豆子上學的女孩，現在已經到了我所不知道的遠方。

朋子：

科隆現在正值一年中最美好的季節，岡山那裡如何呢？阿姨是否和以前一樣硬朗？

多虧了我的工作，害我一直都存不到什麼錢。抱怨歸抱怨，我還是一樣每天快樂地致力於工作。版權代理雖說是沒有人會給予特別肯定的無聊工作，不過偶爾還是會有無可取代的小小喜悅。像是今天，我在鎮上的書店看到一個女孩買了我所經手的繪本，我一直目送她珍愛地抱著書本和母親牽手回家的背影，使我想起在玄關滿心期待朋子從圖書館幫我借書回來的情景。

接下來也差不多要放暑假了。如果方便的話，今年要不要來科隆玩玩呢？妳家中最小的男孩都已經念高中了，應該差不多可以放心讓他們看家了吧？

其實不久前，在一個偶然的機會下，我找到了奶奶一家人以前在柏林的公寓，位於舊東柏林地區。當然現在早已成了別人的住家，不過幸好躲過了戰爭的摧殘，保有古老的風貌留存下來。爸爸知道這件事後，無論如何都想來見識一下，因此決定今年夏天和媽媽來這裡故地重遊。參拜完奶奶在柏林收納遺髮的衣冠塚後，接著預定在亞耳（注二）的別墅悠閒度假。

在此，希望朋子能和爸爸媽媽一同來此一遊。與其說是同行，不如說希望

注一：科隆（Köln）為德國西部城市。

注二：亞耳（Arles）為法國中南部城市。

您能在旅途上照顧兩位年過半百的老人家還比較貼切。要是能夠順利成行，一定會是一段愉快的假期，我想讓朋子見識的東西和地方多到數都數不完呢。

所以還請務必考慮看看，我靜候佳音。從爸爸的年紀和健康狀況來看，這大概是他和媽媽能夠一起出國旅行的最後機會了。

最後，祝健康安泰，有空我會再寫信，謹寄上我最真切的思念。

米娜

米娜：

真的非常感謝妳來信邀約。碰巧在上星期，我受邀參加姨丈的壽筵，得以知曉大家的近況，因此我想應該先向米娜報告才是。

仔細想想，上一次到姨丈苦樂園（注）寓所叨擾是在震災後幫忙處理善後，想來也已過了數十年，時光飛逝實在令人驚歎。

那是一場熱鬧歡騰的筵席，龍一先生一家也齊聚一堂。雖然不是六甲山飯店的豪華外燴，不過大人手持德國紅酒、小孩拿果汁乾杯，眾人共享美味的壽司大餐。之後，大家聊起了以往這種場合一定會喝「FRESSY」的話題。回想起來，不知道「FRESSY」停止生產已經過了多少個年頭了。

還好，姨丈和阿姨看起來都還很硬朗。姨丈的氣色好到完全不像動過心臟手術，食慾旺盛，時髦風采不減當年。即便阿姨忙於照顧姨丈、陪伴孫兒，但最後仍一心牽掛著遠在海外的米娜。

暑假赴歐洲度假的計畫如果能夠實現，想必是美事一樁。圖書館在盂蘭盆會有將近一週的休館期，我想應該能排出假期才是。只不過，比起照顧姨丈、阿姨，我反倒怕自己成了他們的累贅呢，畢竟我還得先學學怎麼申請護照才行。

那麼，希望妳保重身體。我誠心企盼彼此再會的日子。

朋子

又及：從苦樂園回家的路上，忽然心血來潮在蘆屋下車，拜訪過去宅邸的舊址。因為不肯承認自己最喜歡的洋房已不復存在，所以一直不敢重返故地。不過那一天在阪急電車上看到蘆屋市容，不知為何，讓我的心裡有些悸動。大

注：苦樂園為日本兵庫縣西宮市的高級住宅區。

概在我的內心深處，已經有了無論風景如何改變，我的回憶也能完好無損的自信吧。

那裡如同傳聞一樣，成了化學公司的宿舍和公寓建築。不止土地遭到分售，連附近的住家也變了樣，不仔細看的話根本認不出來，唯獨一小段石牆還勉強殘存了下來。

我在玄關前遇到了一個像是管理員的人正在打掃，說明原委後得以進入那片土地。然而裡面的景象卻令我百感交集，從食堂的窗戶只能看到一小片海景不說，庭園裡雜草叢生，庭園的對面還成了公寓的停車場。

但就在我望向東邊窗戶時，發現了一棵似曾相識的楊梅樹。儘管已經長成必須抬頭仰望的大樹，不過毫無疑問的，那就是守護「FRESSY」動物園之墓的楊梅樹。

樹下開滿了鮮豔的一串紅，彷彿從小豆子的故鄉千里迢迢飄洋過海的種子終於開花結果一般，綻放美麗的紅色花朵。

（全書完）

米娜的行進

小川洋子 YOKO OGAWA 作品集 01

國家圖書館出版品預行編目資料

米娜的行進／小川洋子著；葉廷昭譯.
—初版.—台北市；麥田出版：
家庭傳媒城邦分公司發行, 2009〔民98〕
面；公分.—(小川洋子作品集；01)
譯自：ミーナの行進
ISBN 978-986-173-576-4
861.57 98019447

作　　者　小川洋子
原著書名　ミーナの行進

原出版者　中央公論新社
翻　　譯　葉廷昭
責任編輯　關惜玉、戴偉傑、阿髮
副總編輯　陳瀅如
總 經 理　陳蕙慧
發 行 人　凃玉雲
出　　版　麥田出版
地址：10483台北市中山區民生東路二段141號5樓
電話：(02)2500-7696　傳真：(02)2500-1966、(02)2500-1967
部落格：http://ryefield.pixnet.net
發　　行　英屬蓋曼群島商家庭傳媒股份有限公司城邦分公司
10483台北市民生東路二段141號4樓
書虫客服服務專線：(02)2500-7718・(02)2500-7719
24小時傳真服務：(02)2500-1990・(02)2500-1991
服務時間：週一至週五09:30-12:00・13:30-17:00
郵撥帳號：19863813　戶名：書虫股份有限公司
讀者服務信箱E-mail：service@readingclub.com.tw
歡迎光臨城邦讀書花園　網址：www.cite.com.tw
香港發行所　城邦(香港)出版集團有限公司
香港灣仔駱克道193號東超商業中心1樓
電話：+852-2508-6231　傳真：+852-2578-9337
E-mail：hkcite@biznetvigator.com
馬新發行所　城邦(馬新)出版集團【Cite(M) Sdn. Bhd. (458372U)】
11, Jalan 30D/146, Desa Tasik, Sungai Besi, 57000 Kuala Lumpur, Malaysia
電話：+603-9056-3833　傳真：+603-9056-2833

封面設計　黃暐鵬
排　　版　浩瀚電腦排版股份有限公司
印　　刷　前進彩藝有限公司

2009年11月初版

　ISBN 978-986-173-576-4

cite城邦媒體 麥田出版
Rye Field Publications
A division of Cité Publishing Ltd.

廣　告　回　函
北區郵政管理局登記證
台北廣字第000791號
免　貼　郵　票

英屬蓋曼群島商
家庭傳媒股份有限公司城邦分公司
104 台北市民生東路二段141號2樓

▼

請沿虛線折下裝訂，謝謝！

文學・歷史・人文・軍事・生活

讀者回函卡

cite城邦媒體

謝謝您購買我們出版的書。請將讀者回函卡填好寄回，我們將不定期寄上城邦集團最新的出版資訊。

姓名：________________ 電子信箱：________________

聯絡地址：□□□ ________________________

電話：（公）____________ 分機 ____ （宅）____________

身分證字號：________________________（此即您的讀者編號）

生日：____年____月____日 性別：□男 □女

職業：□軍警 □公教 □學生 □傳播業 □製造業 □金融業 □資訊業 □銷售業

□其他 ________________________

教育程度：□碩士及以上 □大學 □專科 □高中 □國中及以下

購買方式：□書店 □郵購 □其他 ________________

喜歡閱讀的種類：（可複選）

□文學 □商業 □軍事 □歷史 □旅遊 □藝術 □科學 □推理 □傳記

□生活、勵志 □教育、心理 □其他 ________________

您從何處得知本書的消息？（可複選）

□書店 □報章雜誌 □廣播 □電視 □書訊 □親友 □其他 ________

本書優點：（可複選）

□內容符合期待 □文筆流暢 □具實用性 □版面、圖片、字體安排適當

□其他 ________________________

本書缺點：（可複選）

□內容不符合期待 □文筆欠佳 □內容保守 □版面、圖片、字體安排不易閱讀

□價格偏高 □其他 ________________________

您對我們的建議：________________________